U0501309

艾青诗精编

艾青 著
程光炜 选编

长江出版传媒　长江文艺出版社

高端阅读指导委员会

（系各省教研员）

刘　华（吉林）	张伟忠（山东）
王来平（陕西）	何立新（四川）
冯善亮（广东）	杨　桦（安徽）
朱茫茫（江苏）	蒋红森（湖北）
申雪燕（河南）	蒋玉萍（广西）
易海华（湖南）	刘宇新（北京）
李祖贵（湖北）	王佑军（湖北）
王中亚（湖北）	梅　晴（湖北）

导　读

程光炜

　　艾青（1910—1996），浙江金华人。曾在乡下保姆家寄养，对土地、民众产生了依恋感情。短期在杭州西湖国立艺术院（今浙江美院）就读，经该院著名画家林凤眠先生推荐，1929年到法国留学。因与父亲念经济专业的意愿相违，被中断学费，在巴黎塞纳河桥头业余习画。1932年归国。这种沮丧愤懑情绪，在早期诗作中多有流露。但这段习画经历形成的色彩感和立体感的思维方式，对他后来的诗歌创作产生了至深影响。

　　艾青回国后求职不顺利。他曾因参加上海左翼美术家组织被捕，后在常州师范教书，生活始终不够稳定。这种处境，造就了一位反抗社会、观念先锋的青年诗人。成名作《大堰河——我的保姆》问世。在短暂的现代诗实验之后，艾青与土地和人民紧密相连的思想艺术特色，在此显出端倪。1937年抗战爆发后，艾青携家人先后流亡武汉、山西临汾、湖南新宁和桂林，在临汾民族革命大学、新宁师范执教，亲见挣扎于铁路沿途的大批流民和伤兵，他们颠沛流离的沉痛感受，唤醒了他异常强烈鲜明的家国意识，创作出许多名传一时、堪称不朽的抗战诗篇，如《雪落在中国的土地上》《乞丐》《手推车》《向太阳》《我爱这土地》和《火把》，从而奠定了他伟大的抗战诗人的地位。

　　1941年"皖南事变"爆发，艾青从重庆转道延安。经历了延安整风、大生产运动等一系列事件，后来响应号召到乡下采风。1949年进京，先后任《人民文学》副主编、《诗刊》编委，1956年被错划右派。1958年，因得延安结识的王震将军帮助，到新疆石河子建设兵团落户，长达21年。1975年回京治疗眼疾。1979年平反昭雪。创作进入了第二次高潮期。写有作品《在浪尖上》《光的赞歌》《古罗马大斗技场》等诗作。艾青历任中国作家协会副主席、全国人大常委等职。1996 年在北京病逝，享年 86 岁。

艾青的诗歌创作分为早期（1932—1937）、高潮期（1937—1941）、沉寂期（1941—1979）和复出期（1979—1984）。真正代表了他创作高峰和最高成就的，是 1937 年至 1941 年短短四年。因日本入侵，中国丧失了大片国土，诗人与流民、伤兵的队伍裹挟一起，经历了从杭州到武汉、临汾、新宁、桂林和重庆大半个中国颠沛流离的艰难生活。这使他从早期受法国象征派诗歌和印象派画的影响下走出来，探索出一条富有民族色彩的艺术道路。他的诗，擅长用色彩感强烈、立体感鲜明的画家眼睛和艺术手法，与大地、太阳、北方广袤的泥土、民众痛苦的脸色等意象相结合，铸就了属于艾青独有的诗歌艺术风格。《雪落在中国的土地上》以中国河流上的风雪之夜为背景，诉说了船夫和民众国破家亡的沉痛心情。《向太阳》用异常强烈的太阳意象，表达了国人在侵略军铁蹄下坚贞不屈、向往光明未来的昂扬情绪。《手推车》写出了北方人民质朴坚毅的性格。《我爱这土地》传达了诗人热爱土地和人民的深沉感情。《火把》写于湖南新宁乡下，一次偶然的经历，让诗人产生了丰富的想象。他寓居深山之中，想象自己投身到炽热、坚定的抗战洪流当中，在拥挤向前的游行队伍中感受到集体力量的强大召唤。作品采用抒情长诗与叙事诗相结合的手法，通过抒情、叙述、人物对话等多重技巧，书写了中华民族在最困难时期的一部史诗。除此之外，艾青这时期的很多短诗也堪称精湛，如《乞丐》《冬日的林子》《桥》《秋晨》《冬天的池沼》《树》《山毛榉》《小马》《灌木丛》《荒凉》《篝火》等。短诗是艾青写作长诗间隙的练笔之作，即使如此，他也精雕细刻，用心经营，显示出很高的艺术才华。这些作品，不仅在抗战时期的中国流传甚广，而且也以其文学经典地位，永载中国文学史的史册。

20 世纪 40 年代末，因各种复杂原因，艾青的诗歌创作进入了较长的停滞期、沉闷期，虽写出不少作品，但大多价值不高。1979 年进入新时期以后，艾青重新复出，创作了《在浪尖上》《光的赞歌》《古罗马大斗技场》等影响很大的诗篇。其中，《在浪尖上》曾在北京工人体育场万人大会上朗读，赢得了非常强烈的社会效果。它较早传达出久蓄于民众心底的彻底否定"文革"，开启新时期航船的普遍情绪。

与他高潮期的作品相比，进入晚年期的这些诗篇，感情沉郁、内敛、深沉，手法更为朴素自然，但艺术感染力却不如高潮期的作品。进入新时期的艾青，已是七十岁的老人，他重登诗坛，再次参与到中华民族的大合唱之中，不失当年的雄风，这是中国诗坛的一道奇异风景。

在中国新诗史上，艾青与大多数早期浪漫派、新月派、现代派诗人不同，也有异于某些乡土派诗人。他诗歌创作的题材，紧贴民族土壤和民众感情，具有史诗眼光和视野；他善于捕捉重大历史事件和时代情绪，借以概括中国人民某一特殊时期的整体感受和思想感情，传达出中华民族最强烈的内心情绪。艾青在中国现代文学史上具有崇高的地位，在迄今为止的文学史教材中，他是少有的专章叙述的大诗人之一。应该说，艾青的"人民诗人"的称号是实至名归。

关于编选体例，在此一并说明。艾青是经典诗人，最近几十年出版过数量众多的艾青诗选，可以说版本繁多，各有特色。这些版本，一定程度上受制于当时社会环境和文学评价的影响，在选稿取舍和诗人评价上既有特色也有不足。经过几十年的历史和文学史沉淀，本选本力图体现以下编选特点：

一是诗人创作分期及其评价问题。关于艾青创作的分期，学术界应无大的分歧，先后是早期、高潮期、停滞期和复出期；但创作成就的评价，又因社会历史因素羁绊，未能做到公允客观。本诗选认为，艾青1937年到1941年创作的高潮期，是他最高艺术成就的集中体现，而早期和后期则是其铺垫、过渡和结束。

二是作品取舍问题。本诗选基于上述客观评价，高潮期作品选用较多，而早期和后期作品只作为陪衬角色予以彰显，便于读者了解诗人一生创作的大致梗概。表面上，这种取舍失去了各时期的平衡感，但作者的艺术成就更为集中突出。所谓"诗选"，应以作者的最高水平为标准。

三是短诗的选用。以前的诗选偏重于选用作者的长诗，认为这些作品代表了艾青的最高成就，是其艺术特色的突出体现。本诗选在这一框架中，有意选用作者抗战中后期的短诗，以弥补这种缺憾。短诗在作者一生创作中的地位，不应该被忽视。

2017年11月22日，北京亚运村

目录

1

辑一　法国与归国

阅读提示：

　　艾青早期诗作，受到法国印象派画风影响，技巧现代，感觉尖锐。在此前后他留学法国，因父亲中断学费滞留巴黎自学绘画，归国又漂游不定。这种现实处境激发了他对社会反抗的情绪，以及孤独自怜的想象。

会 合

——东方部的会合

团团的，团团的，我们坐在烟圈里面，
高音，低音，噪音，转在桌边，
温和的，激烈的，爆炸的……
火灼的脸，摇动在灯光下面，
法文，日文，安南话，中文，
在房子的四角沸腾着……
长发的，戴眼镜的，点卷烟的，
读信的，看报纸的……
思索的，苦恼着的，兴奋的……
沉默着的……
……绯红的嘴唇片片的飞着，
言语像星火似的从那里散出。
……
……
每个凄怆的、斗争的脸，每个
　　挺直或弯着的身体的后面，
画出每个深暗的悲哀的黑影。
　　他们叫，他们喊，他们激奋，
他们的心燃烧着，
　　　血在奔溢……
他们——来自那东方，
日本，安南，中国，
他们——
　　虔爱着自由，恨战争，
为了这苦恼着，
为了这绞着心，
　　流着汗，

3

闪出泪光……
紧握着拳头，
捶着桌面，
　　嘶叫，
　　狂喊！
窗紧闭着，
窗外是夜的黑暗包围着，
雨滴在窗的玻璃上痛苦的流着……
房子里，充满着温热，
这温热在每个人脸上流着，
这温热灌进每个人的心里，
每个人呼吸着一样的空气，
每个人的心都为同一的火焰燃烧着，
　　　　　　　　燃烧着，
　　　　　　　　燃烧着……
……
……
在这死的城市——巴黎，
在这死的夜里，
圣约克街的六十一号是活跃着的，
我们的心是燃烧着的。

　　　　　　　　1932 年 1 月 16 日，巴黎

4

当黎明穿上了白衣

紫蓝的林子与林子之间
由青灰的山坡到青灰的山坡,
绿的草原,
绿的草原,草原上流着
——新鲜的乳液似的烟……

啊,当黎明穿上了白衣的时候,
田野是多么新鲜!
看,
微黄的灯光,
正在电杆上颤栗它的最后的时间。
看!

1932 年 1 月 25 日,由巴黎到马赛的路上

阳光在远处

阳光在沙漠的远处，
船在暗云遮着的河上驰去，
暗的风，
暗的沙土，
暗的
　　旅客的心啊。
——阳光嬉笑地
　　　　射在沙漠的远处。

1932 年 2 月 3 日，苏伊士河上

那　边

黑的河流，黑的天。
在黑与黑之间，
疏的，密的，
无千万的灯光。

一切都静默着，
只有那边灯光的一面，
铁的声音，
沸腾的人市的声音，
不断的煽出。

在千万的灯光之间，
红的绿的警灯，一闪闪的亮着，
在每秒钟里，
它警告着人世的永劫的灾难。

黑的河流，黑的天，
在黑与黑之间，
疏的，密的，
无千万的灯光，
看吧，那边是：
永远在挣扎的人间。

1932 年 2 月 26 日，湄公河畔

透明的夜

透明的夜。

……阔笑从田堤上煽起……
一群酒徒，往
沉睡的村，哗然地走去……
村，
狗的吠声，叫颤了
满天的疏星。

村，
沉睡的街
沉睡的广场，冲进了
醒的酒坊。
酒，灯光，醉了的脸
放荡地笑在一团……

"走
　　　到牛杀场，去
喝牛肉汤……"

二

酒徒们，走向村边
进入了一道灯光敞开的门，
血的气息，肉的堆，牛皮的
热的腥酸……

8

人的嚣喧，人的嚣喧。

油灯像野火一样，映出
十几个生活在草原上的
泥色的脸。

这里是我们的娱乐场，
那些是多谙熟的面相，
我们拿起
热气蒸腾的牛骨
大开着嘴，咬着，咬着……

"酒，酒，酒
我们要喝。"
油灯像野火一样，映出
牛的血，血染的屠夫的手臂，
溅有血点的
　　屠夫的头额。

油灯像野火一样，映出
我们火一般的肌肉，以及
——那里面的——
痛苦，愤怒和仇恨的力。

油灯像野火一样，映出
——从各个角落来的——
夜的醒者
醉汉
浪客
过路的盗
偷牛的贼……
"酒，酒，酒

我们要喝。"

三

……
"趁着星光，发抖
　　我们走……"
阔笑在田堤上煽起……
一群酒徒，离了
沉睡的村，向
沉睡的原野
　　哗然地走去……

夜，透明的
夜！

1932 年 9 月 10 日

大堰河
——我的保姆

大堰河，是我的保姆。
她的名字就是生她的村庄的名字，
她是童养媳，
大堰河，是我的保姆。

我是地主的儿子；
也是吃了大堰河的奶而长大了的
大堰河的儿子。
大堰河以养育我而养育她的家，
而我，是吃了你的奶而被养育了的，
大堰河啊，我的保姆。

大堰河，今天我看到雪使我想起了你：
你的被雪压着的草盖的坟墓，
你的关闭了的故居檐头的枯死的瓦菲，
你的被典押了的一丈平方的园地，
你的门前的长了青苔的石椅，
大堰河，今天我看到雪使我想起了你。

你用你厚大的手掌把我抱在怀里，抚摸我；
在你搭好了灶火之后，
在你拍去了围裙上的炭灰之后，
在你尝到饭已煮熟了之后，
在你把乌黑的酱碗放到乌黑的桌子上之后，
在你补好了儿子们的为山腰的荆棘扯破的衣服之后，
在你把小儿被柴刀砍伤了的手包好之后，
在你把小儿们的衬衣上的虱子一颗颗地掐死之后，

在你拿起了今天的第一颗鸡蛋之后，
你用你厚大的手掌把我抱在怀里，抚摸我。

我是地主的儿子，
在我吃光了你大堰河的奶之后，
我被生我的父母领回到自己的家里。
啊，大堰河，你为什么要哭？

我做了生我的父母家里的新客了！
我摸着红漆雕花的家具，
我摸着父母的睡床上金色的花纹，
我呆呆地看着檐头的我不认得的"天伦叙乐"的匾，
我摸着新换上的衣服的丝的和贝壳的纽扣，
我看着母亲怀里的不熟识的妹妹，
我坐着油漆过的安了火钵的炕凳，
我吃着碾了三番的白米的饭，
但，我是这般忸怩不安！因为我
我做了生我的父母家里的新客了。

大堰河，为了生活，
在她流尽了她的乳液之后，
她就开始用抱过我的两臂劳动了；
她含着笑，洗着我们的衣服，
她含着笑，提着菜篮到村边的结冰的池塘去，
她含着笑，切着冰屑窸窣的萝卜，
她含着笑，用手掏着猪吃的麦糟，
她含着笑，扇着炖肉的炉子的火，
她含着笑，背了团箕到广场上去
　晒好那些大豆和小麦，
大堰河，为了生活，
在她流尽了她的乳液之后，
她就用抱过我的两臂，劳动了。

大堰河，深爱着她的乳儿；
在年节里，为了他，忙着切那冬米的糖。
为了他，常悄悄地走到村边的她的家里去，
为了他，走到她的身边叫一声"妈"，
大堰河，把他画的大红大绿的关云长
　　贴在灶边的墙上，
大堰河，会对她的邻居夸口赞美她的乳儿；
大堰河曾做了一个不能对人说的梦：
在梦里，她吃着她的乳儿的婚酒，
坐在辉煌的结彩的堂上，
而她的娇美的媳妇亲切地叫她"婆婆"
……
大堰河，深爱她的乳儿！

大堰河，在她的梦没有做醒的时候已死了。
她死时，乳儿不在她的旁侧，
她死时，平时打骂她的丈夫也为她流泪，
五个儿子，个个哭得很悲，
她死时，轻轻地呼着她的乳儿的名字，
大堰河，已死了，
她死时，乳儿不在她的旁侧。

大堰河，含泪的去了！
同着四十几年的人世生活的凌侮，
同着数不尽的奴隶的凄苦，
同着四块钱的棺材和几束稻草，
同着几尺长方的埋棺材的土地，
同着一手把的纸钱的灰，
大堰河，她含泪的去了。

这是大堰河所不知道的：

她的醉酒的丈夫已死去，
大儿做了土匪，
第二个死在炮火的烟里，
第三，第四，第五
在师傅和地主的叱骂声里过着日子。
而我，我是在写着给予这不公道的世界的咒语。
当我经了长长的飘泊回到故土时，
在山腰里，田野上，
兄弟们碰见时，是比六七年前更要亲密！
这，这是为你，静静的睡着的大堰河
所不知道的啊！

大堰河，今天，你的乳儿是在狱里，
写着一首呈给你的赞美诗，
呈给你黄土下紫色的灵魂，
呈给你拥抱过我的直伸着的手，
呈给你吻过我的唇，
呈给你泥黑的温柔的脸颜，
呈给你养育了我的乳房，
呈给你的儿子们，我的兄弟们，
呈给大地上一切的，
我的大堰河般的保姆和她们的儿子，
呈给爱我如爱她自己的儿子般的大堰河。

大堰河，
我是吃了你的奶而长大了的
你的儿子，
我敬你
爱你！

1933 年 1 月 14 日，雪朝

芦 笛

——纪念故诗人阿波里内尔

J'avais un mirliton que je n'aurais pas échangé contre un bâton de
maréchal de France.

——G. Apollinaire①

我从你彩色的欧罗巴
带回了一支芦笛，
同着它，
我曾在大西洋边
像在自己家里般走着，
如今
你的诗集"*Alcool*"② 是在上海的巡捕房里，
我是"犯了罪"的，
在这里
芦笛也是禁物。
我想起那支芦笛啊，
它是我对于欧罗巴的最真挚的回忆，
阿波里内尔君，
你不仅是个波兰人，
因为你
在我的眼里，
真是一节流传在蒙马特的故事，
那冗长的，
　　惑人的，

---

① 当年我有一支芦笛，拿法国大元帅的节杖我也不换。
　　——阿波里内尔
② *Alcool*：法文，酒。

由玛格丽特震颤的褪了脂粉的唇边
吐出的堇色的故事。
谁不应该朝向那
白里安和俾士麦的版图
吐上轻蔑的唾液呢——
那在眼角里充溢着贪婪,
卑污的盗贼的欧罗巴!
但是,
我耽爱着你的欧罗巴啊,
波特莱尔和兰布的欧罗巴。
在那里,
我曾饿着肚子
把芦笛自矜地吹,
人们嘲笑我的姿态,
因为那是我的姿态呀!
人们听不惯我的歌,
因为那是我的歌呀!
滚吧
你们这些曾唱了《马赛曲》,
而现在正在淫污着那
光荣的胜利的东西!
今天,
我是在巴士底狱里,
不,不是那巴黎的巴士底狱。
芦笛并不在我的身边,
铁镣也比我的歌声更响,
但我要发誓——对于芦笛,
为了它是在痛苦的被辱着,
我将像一七八九年似的
向灼肉的火焰里伸进我的手去!
在它出来的日子,
将吹送出

对于凌侮过它的世界的
毁灭的咒诅的歌。
而且我要将它高高地举起，
以悲壮的 Hymne①
把它送给海，
送给海的波，
粗野的嘶着的
海的波啊！

1933 年 3 月 28 日

---

① Hymne：法语，颂歌。

巴　黎

巴黎
在你的面前
黎明的，黄昏的
中午的，深宵的
——我看见
你有你自己个性的
愤怒，欢乐
悲痛，嬉戏和激昂！
整天里
你，无止息的
用手捶着自己的心肝
捶！捶！
或者伸着颈，直向高空
嘶喊！
或者垂头丧气，锁上了眼帘
沉于阴邃的思索，
也或者散乱着金丝的长发
澈声歌唱，
也或者
解散了绯红的衣裤
赤裸着一片鲜美的肉
任性的淫荡……你！
尽只是朝向我
和朝向几十万的移民
送出了
强韧的，诱惑的招徕……
巴黎，
你患了歇斯底里的美丽的妓女！

……
看一排排的电车
往长道的顶间
逝去……
却又一排排地来了!
听,电铃
叮叮叮叮叮地飞过……
群众的洪流
从大街流来
分向各个小弄,
又从各个小弄,折回
成为洪流,
聚集在
大街上
广场上
一刻也不停的
冲荡!
冲荡!
一致的呼嚷
徘徊在
成堆成垒的
建筑物的四面,
和纪念碑的尖顶
和铜像的周围
和大商铺的门前……
手牵手的大商场啊,
在阳光里
电光里
永远的映照出
翩翩的
节日的

Severini① 的 "斑斑舞蹈" 般
辉煌的画幅……
从 Radio②
和拍卖场上的奏乐，
和冲击的
巨大的力的
劳动的
叫嚣——
豪华的赞歌，
光荣之高夸的词句，
钢铁的诗章——
同着一篇篇的由
公共汽车，电车，地道车充当
响亮的字母，
柏油街，轨道，行人路是明快的句子，
轮子+轮子+轮子是跳动的读点
汽笛+汽笛+汽笛是惊叹号！——
所凑合拢来的无限长的美文
张开了：一切派别的派别者的
多般的嘴，
一切奇瑰的装束
和一切新鲜的叫喊的合唱啊！
你是——
所有的 "个人"
和他们微妙的 "个性"
朝向群众
像无数水滴。消失了
和着万人
汇合而成为——

---

① Severini，意大利现代画家。
② Radio，法文，无线电广播。

20

最伟大的
最疯狂的
最怪异的"个性"。
你是怪诞的，巴黎!
多少世纪了
各个年代和各个人事的变换，
用
它们自己所爱好的彩色
在你的脸上加彩涂抹，
每个生命，每次行动
每次杀戮，和那跨过你的背脊的战争，
甚至于小小的婚宴，
都同着
路易十六的走上断头台
革命
暴动
公社的诞生
攻打巴士底一样的
具有不可磨灭的意义!
而且忠诚地记录着:
你的成长
你的年龄，
你的性格和气质
和你的欢喜以及悲哀。
巴黎
你是健强的!
你火焰冲天所发出的磁力
吸引了全世界上
各个国度的各个种族的人们，
怀着冒险的心理
奔向你
去爱你吻你

或者恨你到透骨！
——你不知道
我是从怎样的遥远的草堆里
跳出，
朝向你
伸出了我震颤的臂
而鞭策了自己
直到使我深深的受苦！
巴黎
你这珍奇的创造啊
直叫人勇于生活
像勇于死亡一样的鲁莽！
你用了
春药，拿破仑的铸像，酒精，凯旋门
铁塔，女性
卢佛尔博物馆，歌剧院
交易所，银行
招致了：
整个地球上的——
白痴，赌徒，淫棍
酒徒，大腹贾，
野心家，拳击师
空想者，投机者们……
啊，巴黎！
为了你的嫣然一笑
已使得多少人们
抛弃了
深深的爱着的他们的家园，
迷失在你的暧昧的青睐里，
几十万人
都化尽了他们的精力
流干了劳动的汗

去祈求你
能给他们以些须的同情
和些须的爱怜！
但是
你——
庞大的都会啊
却是这样的一个
铁石心肠的生物！
我们终于
以痛苦，失败的沮丧
而益增强了
你放射着的光采
你的傲慢！而你
却抛弃众人在悲怆里
像废物一般的
毫无惋惜！
巴黎，
我恨你像爱你似的坚强：
莫笑我将空垂着两臂
走上了懊丧的归途，
我还年轻！
而且
从生活之沙场上所溃败了的
决不只是我这孤单的一个！
——他们实在比为你所宠爱的
人数要多得可怕！
我们都要
在远离着你的地方
——经历些时日吧
以磨练我们的筋骨
等时间到了
就整饬着队伍

兴兵而来！
那时啊
我们将是攻打你的先锋，
当克服了你时
我们将要
娱乐你
拥抱着你
要你在我们的臂上
癫笑歌唱！
巴黎，你——噫，
这淫荡的
淫荡的
妖艳的姑娘！

马 赛

如今
无定的行旅已把我抛到这
陌生的海角的边滩上了。

看城市的街道
摆荡着，
货车也像醉汉一样颠扑，
不平的路
使车辆如村妇般
连咒带骂地滚过……
在路边
无数商铺的前面
潜伏着
期待着
看不见的计谋，
和看不见的欺瞒……
市集的喧声
像出自运动场上的千万观众的喝彩声般
从街头的那边
冲击地
播送而来……
接连不断的行人，
匆忙地，
跄踉地，
在我这迟缓的脚步旁边拥去……
他们的眼都一致地
观望他们的前面
——如海洋上夜里的船只

朝向灯塔所指示的路,
像有着生活之幸福的火焰
在茫茫的远处向他们招手
……

在你这陌生的城市里,
我的快乐和悲哀,
都同样地感到单调而又孤独!
像唯一的骆驼,
在无限风飘的沙漠中,
寂寞地寂寞地跨过……
街头群众的欢腾的呼嚷,
也像飓风所煽起的砂石,
向我这不安的心头
不可抗地飞来……
午时的太阳,
是中了酒毒的眼,
放射着混沌的愤怒
和混沌的悲哀……
它
嫖客般
凝视着
厂房之排列与排列之间所伸出的
高高的烟囱。
烟囱!
你这为资本所奸淫了的女子!
头顶上
忧郁的流散着
弃妇之披发般的黑色的煤烟……
多量的
装货的麻袋,
像肺结核病患者的灰色的痰似的
从厂旁的门口,

不停地吐出……看！
工人们摇摇摆摆地来了！
如这重病的工厂
是养育他们的母亲——
保持着血统
他们也像她一样的肌瘦枯干！
他们前进时
溅出了沓杂的言语，
而且
一直把繁琐的会话，
带到电车上去，
和着不止的狂笑
和着习惯的手势
和着红葡萄酒的
空了的瓶子。

海岸的码头上，
堆货栈
和转运公司
和大商场的广告，
强硬地屹立着，
像林间的盗
等待着及时而来的财物。
那大邮轮
就以熟识的眼对看着它们
并且彼此相理解地喧谈。
若说它们之间的
震响的
冗长的言语
是以钢铁和矿石的词句的，
那起重机和搬运车
就是它们的怪奇的嘴。

这大邮轮啊
世界上最堂皇的绑匪！
几年前
我在它的肚子里
就当一条米虫般带到此地来时，
已看到了
它的大肚子的可怕的容量。
它的饕餮的鲸吞
能使东方的丰饶的土地
遭难得
比经了蝗虫的打击和旱灾
还要广大，深邃而不可救援！
半个世纪以来
已使得几个民族在它们的史页上
涂满了污血和耻辱的泪……
而我——
这败颓的少年啊，
就是那些民族当中
几万万里的一员！
今天
大邮轮将又把我
重新以无关心的手势，
抛到它的肚子里，
像另外的
成百成千的旅行者们一样。
马赛！
当我临走时
我高呼着你的名字！
而且我
以深深了解你的罪恶和秘密的眼，
依恋地
不忍舍去地看着你，

看着这海角的沙滩上
叫嚣的
叫嚣的
繁殖着那暴力的
无理性的
你的脸颜和你的
向海洋伸张着的巨臂，
因为你啊
你是财富和贫穷的锁孔，
你是掠夺和剥削的赃库。

马赛啊
你这盗匪的故乡
可怕的城市！

画者的行吟

沿着塞纳河
我想起：
昨夜锣鼓咚咚的梦里
生我的村庄的广场上，
跨过江南和江北的游艺者手里的
那方凄艳的红布，……
——只有西班牙的斗牛场里
有和这一样的红布啊！
爱莘勒铁塔
伸长起
我惆怅着远方童年的记忆……
由铅灰的天上
我俯视着闪光的水的平面，
那里
画着广告的小艇
一只只的驰过……
汽笛的呼噤一阵阵的带去了
我这浪客的回想
从蒙马特到蒙巴那司，
我终日无目的的走着……
如今啊
我也是个 Bohemien① 了！
——但愿在色彩的领域里
不要有家邦和种族的嗤笑。
在这城市的街头
我痴恋迷失的过着日子，看哪

---

① 法文，波希米亚人，流浪汉。

Chagall① 的画幅里

那病于爱情的母牛，

在天际

无力的睁着怀念的两眼，

露西亚田野上的新妇

坐在它的肚下，

挤着香洌的牛乳……

噫！

这片土地

于我是何等舒适！

听呵

从 Cendrars② 的歌唱，

像 T. S. F.③ 的传播

震响着新大陆的高层建筑般

簇新的 Cosmopolite④ 的声音……

我——

这世上的生客，

在他自己短促的时间里

怎能不翻起他新奇的忻喜

和新奇的忧郁呢？

生活着

像那方悲哀的红布，

飘动在

人可无懊丧的死去的

　　蓝色的边界里，

永远带着骚音

我过着彩色而明朗的时日；

---

① 出生于俄国的乌特夫斯克的法国现代著名雕塑家、画家。

② Cendrars（1887—1961）是在瑞士出生的法国作家。作品富有诗意。

③ 法文，无线电报。

④ 英文，大同的、国际性的。

在最古旧的世界上
唱一支锵锵的歌，
这歌里
以溅血的震颤祈祷着：
愿这片暗绿的大地
将是一切流浪者们的王国。

古宅的造访

静听这
从墙角传来的
角笛的悠长的声音……
在你那里
有个中世纪的巴黎
——远离了喧嚣
蛰伏在圣经里的巴黎。
当我这随着流动的时间
在不断的变形的少年
从遥远的旅舍
经了长长的散步
来到你的居家里时
真像那久久倦游的旅客
走进了一座异地的教堂
——在终日聒叫的城市当中
也得到片刻可贵的安息。
我走上暗暗的楼梯
你引我悄悄的进去
在宽大的无光的房里
回流着古木的气息；
我用感伤的凝视看着：
路易士朝式的家具
波斯纹彩的瓷器
和黑色雕花的书架上的
拉辛，莫利哀，雨果的全集。
当那静静的风
拂动了静静的白的窗帷，
你开始以微温的呼吸

嘘动你大波形的
单薄的胸间衣绉；
停滞在思索里的
幽默的蓝眼
在揣想我幽默的心怀；
你金黄的鬈鬈长发
在我的眼前
展开了一个
幻想的多波涛的海……
沉浸在淡紫的宇宙里，
你安详的摆动着你
丰满的圆润的胸脯
——那使我遥遥的想起
拉飞尔的
充满妩媚的日子……
我以迟缓的眼波
聆听你微颤的金声
给我传述：
神和人的故事
太阳的故事
哀罗丝的故事
和缪塞的诗篇里的
一滴眼泪变成
珍珠的故事……
让我无言的
和你对坐着
在古旧的遗梦里
做一个圣洁的
爱的悠长的漫游吧；
但是，你听呀
那古旧的木制的挂钟
它已露出学究的庄严，

诙谐的
用急促的鸡唱的音调，
既欢迎我默默的到来
却又催我默默的归去……

黎　明

啁啾的小雀淹留着
不是淹留在家园的檐角

阴郁的电线久已成了
比竹篱更阴郁的家

航轮起碇的哨声之后
瓦背上定留新的冷感

梦，已随天边的星坠了
瑟缩的心不再有鼓翼的勇气

天幕是翻飞在窗外的灰蓝布
它飘起了冥想的又一个开始

辽　阔

辽阔的夜，已把
天幕廓成辽阔了！

无垠的辽阔之底
闪着一颗晶莹的星……

你说，那就是
我们的计程碑吗？

辽阔的夜，在辽阔的
天幕之下益显得辽阔了……

九百个

一

渔阳,
快到了吧?

夜是这般黝黑,
风是这般凄厉。
我们身上淋着雨水,
我们的脚溅着泥浆。

渔阳,
还有多少路?
疲乏压着我们的背,
饥饿拉住我们的腿,
长官叱骂着我们,
皮鞭抽打着我们;

渔阳,
还有几天呢?

我们走过无边的原野,
我们走过荒原的秋林;
悠长的黑的夜啊!
困苦的泥泞的路啊!

渔阳,
快到了吧?

二

在沓杂的脚步声里，听：
"我们没有幸福，
我们都是奴隶！"

"我们的生活，
饥饿，疾病，耻辱！
他们的生活，
温饱，骄奢，淫逸！"

在沓杂的脚步声里，听：
"田地要荒了，
果园也将长满野草；
遥望烟雾弥漫的天边，
我们妻女的眼泪，将
洒在故乡枯干的土地上……"

在沓杂的脚步声里，听：
"纳不出给秦国的税，
我们的田地将被占据；
还不了债主们的债，
我们的妻女将被奸污！"

在沓杂的脚步声里，听：
"昨天，
我们流尽劳动的苦汗，
造成剥削者的安乐；
昨天，
我们溅出生命的鲜血，
去保卫秦皇的幸福。"

在沓杂的脚步声里，听：
"我们没有幸福，
我们都是奴隶！"

三

在林子里
有个村
叫大泽乡。

雨更大了，
我们躺下吧！
我们不走了吧！

雨更大了，
我们——九百个
躺在村边的破庙里，
我们——九百个
个个都在忧伤！

雨在哭泣着；
但，大泽乡
今夜欢笑着；
——土豪们在欢宴
秦国的长官。

看，雨的那边
大泽乡的姑娘
华衣招展——
今夜，她们是
秦国长官的陪宾。

听，雨的那边
大泽乡
飘在笙歌里……
听，雨的那边
大泽乡
浸在笑浪里……

醉吧，
悬灯结彩的大泽乡！

雨呜咽着，
九百个边防军
个个在恐怖着——
因为秦国
有庄严的军律：
"迟到者法斩"。

村已沉睡了；
但雨醒着，我们
九百个醒着——
个个的心里
都静静地
随着淫淫的雨
烧起
愤恨的火……

在林子里
有个村
叫大泽乡。

我们不走了吧！
雨，你任性地打吧！

四

"布满了乌云的夜，
站在浩荡的长江边上
静听着波涛冲击的声响，
从隔江的林子，随风吐出
秋天的浓烈的气息……
我恨你被雨水倾打着的
赭色的林子啊！
从那里，长出了
我们悲苦的命运——
当我伫立在
这破庙的门前
向那天的边际凝视啊
杂着江水冲打的声音
无边的旷野不断地
流出村犬的吠声；
黑邃的土地也不断地
送出我永远难忘的
痛苦的记忆……
土地啊！和你一样
我们是被暴乱的风雨
吹打惯了的农夫；
江河啊！和你一样
我们的心里也有巨大的
争斗的叫喊潜伏着！
我们啊！永远是
土地的儿子，
江河的儿子。
……
看，

从破庙的里面
以高大的黑影
向这边走来的
是谁呀?"

"兄是陈胜,
弟是吴广。
但,我问你
你的眼为什么含着泪?
你的厚唇却又宽怀地笑着?
你的发像一簇临风的野草;
你的拳头有如坚硬的石块……
陈胜呀!
把你的痛苦告诉我吧!"

"既然兄是陈胜,
弟是吴广,
我们的一切都是一样:
昨天,我们是田里的佣奴——
我们血汗的收获
不够还足秦国的课税;
今天,我们是兵士
被遣发到边域去,
在那里,我们用
千万人的生命
筑成秦皇幸福的墙围;
而敌人的骑士
勇敢里带着残忍。
所以往北方去的
从没有归来的消息——
任我们的母亲、妻子和儿女
流干了期待的眼泪,

我们的尸骨将永埋在荒草里
如今，我们的行期
已被风雨的阻碍延误了！
依照秦国的军律
我们将被处死——
像镰刀割着丛草；
你我都是旷野上的好汉
生来具有宏伟的心胸
在田野的苦厄里
早已萌起战斗的志愿，
起来吧！
去唤醒
我们成千的兄弟，
整列着队伍
和暴压的秦皇对抗！
我是陈胜，
你是吴广！"

五

在到大泽乡的第七天，
晨曦刚掠过破庙的檐头，
兵士们聚集在稻草堆上，
三三五五地分散着，
传述一种星火似的消息：
昨晚从林子里飘来
有"拥护陈胜"的呼喊，
——陈胜是他们的兄弟
知道九百个痛苦
像知道他自己的痛苦一样，
兵士们的心里
个个都充满着欢喜，

像春阳照临大地
泛滥着一种光明的希冀；
吴广在兵士与兵士之间
有如水田里的青蛙
嘶声地喊，叫起了
九百只的青蛙，
在破庙的四角响应！

当雨水更疯狂地由头顶落下
那两个长官从破庙外走来，
踉踉跄跄地；
冒着血丝的眼
还留着昨夜
美酒，女人，脂粉的醉意，
跑到破庙门口，他们
突然圆瞪着眼
叱骂着星散的兵士，
说他们是狗，是畜类……
这时候，
九百个的心
早已串成一条
复仇的链索了！
那大汉子——吴广
摆动着宽大的肩膀，
一步步地逼近长官，
以果敢的话语
向静寂的空气掷去：
"我们一共九百个，
个个都在受苦，
没有白日和黑夜，
冒着风雨奔走，
已经九天了——

我们在这潮湿的泥地上，
腐烂的稻草堆里，
挨过悠长的夜，
九百个没有一个睡眠！
而你们——你们却天天
搂抱着大泽乡的女郎
吮着美酒
在脂粉香里
昏迷地睡去……
那两个长官的眼里
顿时冒着火焰，
破庙的四角也在骚动了！
这时，一个长官的身子
已被几个兵士扭倒在地上；
另外的一个，从腰边
抽出闪光的剑，
迅速地向吴广的胸口刺来，
吴广以敏捷的手
抵开了剑锋，
把身子往他的左面一转，
扭住了长官拿剑柄的手，
夺过了剑子，向平空
猛然地一击，于是
长官的头颅
带着飞溅的血
滚在稻草上……

九百个
在倾盆的雨声里
一齐地喊着：
"拥护陈胜！
拥护吴广！"

六

"拥护陈胜！
拥护吴广！"

"兄弟们，
天是这样下雨，
我们又过着饥饿的日子，
到渔阳早已误过了日期，
照秦国的军律，
我们——九百个
个个都要处死，
既然要死
应该死在战斗里！
应该死得光荣！
秦皇和他所属的
贪官污吏，
大腹贾，土豪们，
全是寄生虫，
吸吮我们血液的野兽，
我们的劳力
造成他们的财富；
如今，秦皇
又把我们往沙漠边上送，
在北方，朔风将像皮鞭
抽打我们的身体，
敌人的马队，在夜里
将震惊魂魄的驰过；
而他们——统治者
却在后方过着欢笑的日子……
你们知道么——

阿房宫有着永远的春色？
他们看不见
我们洒在边疆的血液！
他们的身边有的
是美女的酥胸大腿，
怎会想起我们
曝晒在荒野上的枯骨？
今天，他们为了维持
他们永久的淫逸，
我们——九百个的生命
像野草等待刈割
将成了他们军法的牺牲！
兄弟们啊！
在大地上
我们从来没有幸福，
但，天生了你我
有什么和他们两样？"
九百个
在倾盆的雨声里
一齐地喊着：
"反对到渔阳！
打倒秦皇！"

七

大泽乡咆哮了！
在狂暴的风声里，
冲出了九百个的吼叫，
那一片汪洋的大水，
象征着叛乱者的意志，
泛滥出千万年的积郁，
击碎军纪的链索，

冲陷法律的堤岸
他们的队伍是最坚强的！
而天幕下一切受辱的人们，
将应和着他们的叫喊
从林间，从茅舍，从
每个黑暗的角落奔出，
提供了自己的生命，
去扑杀那共同的仇敌！
看，那无数的黑色之群
汹涌着来了——从黑色的
土地到黑色的土地……
他们的武器，就是那
几千年来翻掘土地的
锄头，和永远伴着他们的
镰刀，他们拔起竹竿，
当作义举的大纛；
那不止的风雨，
成了他们的战鼓；
他们前进，他们呼喊
那粗暴的声音，
震颤了深厚的地层！
阵线随着时间
在田野上迅速地张开着——
谁能说这就是
秦皇统治的全领域？
大地摆荡着，
扬子江也在跳跃了！
九百个做了他们的先驱
勇敢无畏地迈进着……
他们所到的地方
没有阻碍，因为
正义是属于他们的；

耻辱的将变成光荣；
束缚的也得了解放，
莫说他们凶暴得像野兽，
他们要争取生活的权利！
人们应该祝福他们
胜利，因为他们
才是大地真正的主人！

窗

在这样绮丽的日子
我悠悠地望着窗
也能望见她
她在我幻想的窗里
我望她也在窗前
用手支着丰满的下颌
而她柔和的眼
则沉浸在思念里

在她思念的眼里
映着一个无边的天
那天的颜色
是梦一般青的
青的天的上面
浮起白的云片了
追踪那云片
她能望见我的影子

是的，她能望见我
也在这样的日子
因我也是生存在
她幻想的窗里的

梦

我们挤在一间大房子里
房子是在旷野上的
那些女人把乳头塞住那些小孩的嘴
老人痉挛地摇着头
——想把恐怖从他的头上摆去
这末多的人却没有一点声音
像有火车从远处驰来……
屋角有人在惊叫：
"飞机　飞机　飞机"
啊，
从挤满人的窗下
向铅灰色的天看哪……
"就在我们这房子的上面！"
黑色的巨翼盖满了灰色的天
还是出去吧
不论老的和带着小孩的
让不会走的给背去！
哪儿来的这末多人
快点离开这房子吧
旷野从什么时候起变成这样了？
没有树　没有草
一片青色到哪儿去了？
还有那些花香呢？
——我好像在这里躺过的
那日子是红的　绿的　黄的　紫的
谁欢喜这烧焦了的气息？
谁欢喜天边的那片混浊的猩红？
不像朝云！不像晚霞！

你们为什么走那边呢

（让小孩不要哭吧）

那一条路可以通到安静的地带吗？

咳，谁能给我们一个指示的手势？

天压得更低了……

又是飞机　飞机

看，那边

扬起了泥土

房子倒了

砖飞得那么高——落下了

啊，是的

所有的树和草都是这样死去的；

但是，我们像树和草吗？

让我们不再走了吧

也不要回到避难所去！

我们应该有一个钢盔

每人应该戴上自己的钢盔。

附记　一九三七年春天的一个晚上，我在战争的预感里做了一个梦，这诗是完全依照着那梦记录下来的——连最后的尾巴都是。

太　阳

从远古的墓茔
从黑暗的年代
从人类死亡之流的那边
震惊沉睡的山脉
若火轮飞旋于沙丘之上
太阳向我滚来……

它以难遮掩的光芒
使生命呼吸
使高树繁枝向它舞蹈
使河流带着狂歌奔向它去

当它来时，我听见
冬蛰的虫蛹转动于地下
群众在旷场上高声说话
城市从远方
用电力与钢铁召唤它

于是我的心胸
被火焰之手撕开
陈腐的灵魂
搁弃的河畔
我乃有对于人类再生之确信

1937 年春

54

煤的对话

——A—Y．R．①

你住在哪里？

我住在万年的深山里
我住在万年的岩石里

你的年纪——

我的年纪比山的更大
比岩石的更大

你从什么时候沉默的？

从恐龙统治了森林的年代
从地壳第一次震动的年代

你已死在过深的怨愤里了么？
死？不，不，我还活着——
请给我以火，给我以火！

1937 年春

---

① 给又然。

春

春天了
龙华的桃花开了
在那些夜间开了
在那些血斑点点的夜间
那些夜是没有星光的
那些夜是刮着风的
那些夜听着寡妇的咽泣
而这古老的土地呀
随时都像一只饥渴的野兽
舐吮着年轻人的血液
顽强的人之子的血液
于是经过了悠长的冬日
经过了冰雪的季节
经过了无限困乏的期待
这些血迹，斑斑的血迹
在神话般的夜里
在东方的深黑的夜里
爆开了无数的蓓蕾
点缀得江南处处是春了
人问：春从何处来？
我说：来自郊外的墓窟。

1937 年 4 月

复活的土地

腐朽的日子
早已沉到河底，
让流水冲洗得
快要不留痕迹了；

河岸上
春天的脚步所经过的地方，
到处是繁花与茂草；
而从那边的丛林里
也传出了
忠心于季节的百鸟之
高亢的歌唱。

播种者呵
是应该播种的时候了，
为了我们肯辛勤地劳作
大地将孕育
金色的颗粒。

就在此刻，
你——悲哀的诗人呀，
也应该拂去往日的忧郁，
让希望苏醒在你自己的
久久负伤着的心里：

因为，我们的曾经死了的大地，
在明朗的天空下
已复活了！

——苦难也已成为记忆，
在它温热的胸膛里
重新漩流着的
将是战斗者的血液。

1937 年 7 月 6 日，沪杭路上

辑二　抗战：我爱这土地

阅读提示：

　　1937 年到 1941 年的短短四年，是艾青创作的高潮期，也是他的诗作思想和艺术日渐饱满成熟的时期。加之山河破碎与个人流离的生活，让他目睹了抗战时期的中国史诗般的历史场景。这四年，他用天才之笔，为我们多灾多难的民族绘制了一部不可多得的壮丽史诗。

他起来了

他起来了——
从几十年的屈辱里
从敌人为他掘好的深坑旁边

他的额上淋着血
他的胸上也淋着血
但他却笑着
——他从来不曾如此地笑过

他笑着
两眼前望且闪光
像在寻找
那给他倒地的一击的敌人

他起来了
他起来
将比一切兽类更勇猛
又比一切人类更聪明

因为他必须如此
因为他
必须从敌人的死亡
夺回来自己的生存

1937 年 10 月 12 日，杭州

雪落在中国的土地上

雪落在中国的土地上，
寒冷在封锁着中国呀……

风，
像一个太悲哀了的老妇，
紧紧地跟随着
伸出寒冷的指爪
拉扯着行人的衣襟，
用着像土地一样古老的话
一刻也不停地絮聒着……

那从林间出现的，
赶着马车的
你中国的农夫
戴着皮帽
冒着大雪
你要到哪儿去呢？

告诉你
我也是农人的后裔——
由于你们的
刻满了痛苦的皱纹的脸
我能如此深深地
知道了
生活在草原上的人们的
岁月的艰辛。

而我

也并不比你们快乐啊
——躺在时间的河流上
苦难的浪涛
曾经几次把我吞没而又卷起——
流浪与监禁
已失去了我的青春的
最可贵的日子，
我的生命
也像你们的生命
一样的憔悴呀！
雪落在中国的土地上，
寒冷在封锁着中国呀……

沿着雪夜的河流，
一盏小油灯在徐缓地移行，
那破烂的乌篷船里
映着灯光，垂着头
坐着的是谁呀？
——啊，你
蓬发垢面的少妇，
是不是
你的家
——那幸福与温暖的巢穴——
已被暴戾的敌人
烧毁了么？
是不是
也像这样的夜间，
失去了男人的保护，
在死亡的恐怖里
你已经受尽敌人刺刀的戏弄？

咳，就在如此寒冷的今夜，

无数的

我们的年老的母亲，
都蜷伏在不是自己的家里，
就像异邦人
不知明天的车轮
要滚上怎样的路程……
——而且
中国的路
是如此的崎岖。
是如此的泥泞呀。

雪落在中国的土地上，
寒冷在封锁着中国呀……

透过雪夜的草原
那些被烽火所啮啃着的地域，
无数的，土地的垦殖者
失去了他们所饲养的家畜
失去了他们肥沃的田地
拥挤在
生活的绝望的污巷里：
饥馑的大地
朝向阴暗的天
伸出乞援的
颤抖着的两臂。

中国的苦痛与灾难
像这雪夜一样广阔而又漫长呀！
雪落在中国的土地上，
寒冷在封锁着中国呀……

中国,
我的在没有灯光的晚上
所写的无力的诗句
能给你些许的温暖么?

1937 年 12 月 28 日夜间

手推车

在黄河流过的地域
在无数的枯干了的河底
手推车
以惟一的轮子
发出使阴暗的天穹痉挛的尖音
穿过寒冷与静寂
从这一个山脚
到那一个山脚
彻响着
北国人民的悲哀

在冰雪凝冻的日子
在贫穷的小村与小村之间
手推车
以单独的轮子
刻画在灰黄土层上的深深的辙迹
穿过广阔与荒漠
从这一条路
到那一条路
交织着
北国人民的悲哀

1938 年初

风陵渡

风吹着黄土层上的黄色的泥沙
风吹着黄河的污浊的水
风吹着无数的古旧的渡船，
风吹着无数渡船上的古旧的布帆

黄色的泥沙
使我们看不见远方
黄河的水
激起险恶的浪
古旧的渡船
载着我们的命运
古旧的布帆
突破了风，要把我们
带到彼岸
风陵渡是险恶的
黄河的浪是险恶的
听呵
那野性的叫喊
它没有一刻不想扯碎我们的渡船
和鲸吞我们的生命

而那潼关啊
潼关在黄河的彼岸
它庄严地
守卫着祖国的平安。

1938 年初，风陵渡

北　方

一天
那个科尔沁草原上的诗人
对我说：
"北方是悲哀的。"

不错
北方是悲哀的。
从塞外吹来的
沙漠风，
已卷去北方的生命的绿色
与时日的光辉
——一片暗淡的灰黄
蒙上一层揭不开的沙雾；
那天边疾奔而至的呼啸
带来了恐怖
疯狂地
扫荡过大地；
荒漠的原野
冻结在十二月的寒风里，
村庄呀，山坡呀，河岸呀，
颓垣与荒冢呀
都披上了土色的忧郁……
孤单的行人，
上身俯前
用手遮住了脸颊，
在风沙里
困苦地呼吸
一步一步地

挣扎着前进……
几只驴子
——那有悲哀的眼
　　和疲乏的耳朵的畜生，
载负了土地的
痛苦的重压，
它们厌倦的脚步
徐缓地踏过
北国的
修长而又寂寞的道路……

那些小河早已枯干了
河底也已画满了车辙，
北方的土地和人民
在渴求着
那滋润生命的流泉啊!
枯死的林木
与低矮的住房
稀疏地，阴郁地
散布在灰暗的天幕下；
天上，
看不见太阳，
只有那结成大队的雁群
惶乱的雁群
击着黑色的翅膀
叫出它们的不安与悲苦，
从这荒凉的地域逃亡
逃亡到
绿荫蔽天的南方去了……

北方是悲哀的
而万里的黄河

汹涌着混浊的波涛
给广大的北方
倾泻着灾难与不幸；
而年代的风霜
刻画着
广大的北方的
贫穷与饥饿啊。

而我
——这来自南方的旅客，
却爱这悲哀的北国啊。
扑面的风沙
与入骨的冷气
决不曾使我咒诅；
我爱这悲哀的国土，
一片无垠的荒漠
也引起了我的崇敬
——我看见
我们的祖先
带领了羊群
吹着茄笛
沉浸在这大漠的黄昏里；
我们踏着的
古老的松软的黄土层里
埋有我们祖先的骸骨啊，
——这土地是他们所开垦
几千年了
他们曾在这里
和带给他们以打击的自然相搏斗，
他们为保卫土地
从不曾屈辱过一次，
他们死了

把土地遗留给我们——
我爱这悲哀的国土，
它的广大而瘦瘠的土地
带给我们以淳朴的言语
与宽阔的姿态，
我相信这言语与姿态
坚强地生活在大地上
永远不会灭亡；
我爱这悲哀的国土，
　　古老的国土
——这国土
养育了为我所爱的
世界上最艰苦
与最古老的种族。

1938 年 2 月 4 日，潼关

驴　子

你披满沙土的身体
干毛剥落的身体
拖着那
无终止地奔走在原野上的
人们的可怜的什物；
你下垂的耳朵
无力的耳朵
听惯了
由轮轴传向空阔去的悲哀的嘶叫；
你灰色的眼瞳
瞌睡的眼瞳
映照着
北方的广漠的土地的忧郁；
你小小的脚蹄
疲乏的脚蹄
走着那
广漠的土地上的
不平坦的荒凉的道路；
你倦怠，你辛苦，你孤独，
在这永远被风沙罩着的土地上
驴子啊，
你是北国人民的最亲切的朋友。

补衣妇

补衣妇坐在路旁
行人走过路
路扬起沙土
补衣妇头巾上是沙土
衣服上是沙土

她的孩子哭了
眼泪又被太阳晒干了
她不知道
只是无声地想着她的家
她的被炮火毁掉的家
无声地给人缝补
让孩子的眼
可怜的眼
瞪着空了的篮子
补衣妇坐在路旁
路一直伸向无限
她给行路人补好袜子
行路人走上了路

乞 丐

在北方
乞丐徘徊在黄河的两岸
徘徊在铁道的两旁

在北方
乞丐用最使人厌烦的声音
呐喊着痛苦
说他们来自灾区
来自战地

饥饿是可怕的
它使年老的失去仁慈
年幼的学会憎恨

在北方
乞丐用固执的眼
凝视着你
看你在吃任何食物
和你用指甲剔牙齿的样子

在北方
乞丐伸着永不缩回的手
乌黑的手
要求施舍一个铜子
向任何人
甚至那掏不出一个铜子的兵士

1938 年春，陇海道上

车过武胜关

春天了——
农夫举起鞭子
策着老了的牡牛
匆忙地
犁过平旷的田亩……
突然
从山的那边
浓厚的乌云飞奔而来
农夫牵着牛
提着犁子离开了田亩
在地平线上隐没了
那炫目的电光
从乌云的最密处闪出
照彻幽暗的山谷
与呜咽的溪涧
于是
突击的雷声
从天顶坠下
震撼着大地
恐怖的寂静主宰了一切
这时候
只有一匹白马
站在中原的高岗上
呼啸暴风雨的到来……

1938 年 4 月初，武胜关

向太阳

从远古的墓茔
从黑暗的年代
从人类死亡之流的那边
震惊沉睡的山脉
若火轮飞旋于沙丘之上
太阳向我滚来……

——引自旧作《太阳》

一、我起来

我起来
像一只困倦的野兽
受过伤的野兽
从狼藉着败叶的林薮
从冰冷的岩石上
挣扎了好久
支撑着上身
睁开眼睛
向天边寻觅……

我——
是一个
从遥远的山地
从未经开垦的山地
到这几千万人
　　用他们的手劳作着
　　用他们的嘴呼嚷着
　　用他们的脚走着的城市来的

旅客，
我的身上
酸痛的身上
深刻地留着
风雨的昨夜的
长途奔走的疲劳

但
我终于起来了
我打开窗
用囚犯第一次看见光明的眼
看见了黎明
——这真实的黎明啊

（远方
似乎传来了群众的歌声）
于是　我想到街上去

二、街　上

早安呵
你站在十字街头
　　车辆过去时
　举着白袖子的手的警察
早安呵
你来自城外的
　挑着满箩绿色的菜贩
早安呵
你打扫着马路的
　穿着红色背心的清道夫
早安呵
你提了篮子，第一个到菜场去的

棕色皮肤的年轻的主妇
我相信
昨夜
你们决不像我一样
　　被不停的风雨所追踪
　　被无止的噩梦所纠缠
你们都比我睡得好啊！

三、昨　天

昨天
我在世界上
用可怜的期望
喂养我的日子
像那些未亡人
披着麻缕
用可怜的回忆
喂养她们的日子一样

昨天
我把自己的国土
　　当作病院
——而我是患了难于医治的病的
没有哪一天
我不是用迟滞的眼睛
看着这国土的
　　没有边际的凄惨的生命……
没有哪一天
我不是用呆钝的耳朵
听着这国土的
　　没有止息的痛苦的呻吟

昨天
我把自己关在
精神的牢房里
四面是灰色的高墙
没有声音
我沿着高墙
走着又走着
我的灵魂
不论白日和黑夜
永远地唱着
一曲人类命运的悲歌

昨天
我曾狂奔在
阴暗而低沉的天幕下的
没有太阳的原野
到山巅上去
伏倒在紫色的岩石上
流着温热的眼泪
哭泣我们的世纪

现在好了
一切都过去了

四、日　出

太阳出来了……
当它来时……
城市从远方
用电力与钢铁召唤它

——引自旧作《太阳》

太阳
从远处的高层建筑
　——那些水门汀与钢铁所砌成的山
和那成百的烟突
成千的电线杆子
成万的屋顶
所构成的
密丛的森林里
出来了……

在太平洋
在印度洋
在红海
在地中海
在我最初对世界怀着热望
而航行于无边蓝色的海水上的少年时代
我都曾看着美丽的日出
但此刻
在我所呼吸的城市
喷发着煤油的气息
柏油的气息
混杂的气息的城市
敞开着金属的胴体
矿石的胴体
电火的胴体的城市
宽阔地
承受黎明的爱抚的城市
我看见日出
比所有的日出更美丽

五、太阳之歌

是的
太阳比一切都美丽
比处女
比含露的花朵
比白雪
比蓝的海水
太阳是金红色的圆体
是发光的圆体
是在扩大着的圆体

惠特曼
从太阳得到启示
用海洋一样开阔的胸襟
写出海洋一样开阔的诗篇

凡谷
从太阳得到启示
用燃烧的笔
蘸着燃烧的颜色
画着农夫耕犁大地
画着向日葵

邓肯
从太阳得到启示
用崇高的姿态
披示给我们以自然的旋律

太阳
它更高了

它更亮了
它红得像血

太阳
它使我想起　法兰西　美利坚的革命
想起　博爱　平等　自由
想起　德谟克拉西
想起　《马赛曲》　《国际歌》
想起　华盛顿　列宁　孙逸仙
　　　和一切把人类从苦难里拯救出来的
　　　人物的名字

是的
太阳是美的
且是永生的

六、太阳照在

初升的太阳
照在我们的头上
照在我们的久久地低垂着
　　不曾抬起过的头上
太阳照着我们的城市和村庄
照着我们的久久地住着
　　屈服在不正的权力下的城市和村庄
太阳照着我们的田野，河流和山峦
照着我们的从很久以来
　　到处都蠕动着痛苦的灵魂的
　　田野、河流和山峦……

今天
太阳的炫目的光芒

把我们从绝望的睡眠里刺醒了
也从那遮掩着无限痛苦的迷雾里
刺醒了我们的城市和村庄
也从那隐蔽着无边忧郁的烟雾里
刺醒了我们的田野、河流和山峦
我们仰起了沉重的头颅
从濡湿的地面
一致地
向高空呼嚷
"看我们
我们
笑得像太阳！"

七、在太阳下

"看我们
我们
笑得像太阳！"

那边
一个伤兵
支撑着木制的拐杖
沿着长长的墙壁
跨着宽阔的步伐
太阳照在他的脸上
照在他纯朴地笑着的脸上
他一步一步地走着
他不知道我在远处看着他
当他的披着绣有红十字的灰色衣服的
　高大的身体
走近我的时候
这太阳下的真实的姿态

我觉得
比拿破仑的铜像更漂亮

太阳照在
城市的上空

街上的人
这么多，这么多
他们并不曾向我打招呼
但我向他们走去
我看着每一个从我身边走过的人
对他们
我不再感到陌生

太阳照着他们的脸
照着他们的
　　　光洁的，年轻的脸
　　　发皱的，年老的脸
　　　红润的，少女的脸
　　　善良的，老妇的脸
和那一切的
　　昨天还在惨愁着但今天却笑着的脸
他们都匆忙地
摆动着四肢
在太阳光下
来来去去地走着
　　——好像他们被同一的意欲所驱使似的
他们含着微笑的脸
也好像在一致地说着
"我们爱这日子
不是因为我们
　　看不见自己的苦难

不是因为我们
　　看不见饥饿与死亡
我们爱这日子
是因为这日子给我们
带来了灿烂的明天的
最可信的音讯。"

太阳光
闪烁在古旧的石桥上……
几个少女——
　　那些幸福的象征啊
背着募捐袋
在石桥上
在太阳下
唱着清新的歌
　　"我们是天使
　　健康而纯洁
　　我们的爱人
　　年轻而勇敢
　　有的骑战马
　　驰骋在旷野
　　有的驾飞机
　　飞翔在天空……"
(歌声中断了,她们在向行人募捐)
现在
她们又唱了
　　"他们上战场
　　奋勇杀敌人
　　我们在后方
　　慰劳与宣传
　　一天胜利了
　　欢聚在一堂……"

她们的歌声
是如此悠扬
太阳照着她们的
　　骄傲地突起的胸脯
和袒露着的两臂
和发出尊严的光辉的前额
她们的歌
飘到桥的那边去了……

太阳的光
泛滥在街上

浴在太阳光里的
　　街的那边
一群穿着被煤烟弄脏了的衣服的工人
扛抬着一架机器
　　——金属的棱角闪着白光
太阳照在
　　他们流汗的脸上
当他们每一步前进时
他们发出缓慢而沉洪的呼声
　　"杭——唷
　　杭——唷
　　我们是工人
　　工人最可怜
　　贫穷中诞生
　　劳动里成长
　　一年忙到头
　　为了吃与穿
　　吃又吃不饱
　　穿又穿不暖
　　杭——唷

杭——唷
自从八一三
敌人来进攻
工厂被炸掉
东西被抢光
几千万工友
饥饿与流亡
我们在后方
要加紧劳动
为国家生产
为抗战流汗
一天胜利了
生活才饱暖
杭——唷
杭——唷……"
他们带着不止的杭唷声
转弯了……

太阳光
泛滥在旷场上

旷场上
成千的穿草黄色制服的士兵
在操演
他们头上的钢盔
和枪上的刺刀
闪着白光
他们以严肃的静默
等待着
那及时的号令
现在
他们开步了

从那整齐的步伐声里
我听见

　　"一！二！三！四！
　　一！二！三！四！
　　我们是从田野来的
　　我们是从山村来的
　　我们生活在茅屋
　　我们呼吸在畜棚
　　我们耕犁着田地
　　田地是我们的生命
　　但今天
　　敌人来到我们的家乡
　　我们的茅屋被烧掉
　　我们的牲口被吃光
　　我们的父母被杀死
　　我们的妻女被强奸
　　我们没有了镰刀与锄头
　　只有背上了子弹与枪炮
　　我们要用闪光的刺刀
　　抢回我们的田地
　　回到我们的家乡
　　消灭我们的敌人
　　敌人的脚踏到哪里
　　敌人的血流到哪里……
　　……
　　一！二！三！四！
　　一！二！三！四！
　　……"

这真是何等的奇遇啊……

八、今　天

今天
奔走在太阳的路上
我不再垂着头
　　把手插在裤袋里了
嘴也不再吹那寂寞的口哨
不看天边的流云
不彷徨在人行道

今天
在太阳照着的人群当中
我决不专心寻觅
那些像我自己一样惨愁的脸孔了

今天
太阳吻着我昨夜流过泪的脸颊
吻着我被人世间的丑恶厌倦了的眼睛
吻着我为正义喊哑了声音的嘴唇
吻着我这未老先衰的
啊！快要佝偻了的背脊。

今天
我听见
太阳对我说
　　"向我来
　　从今天
　　你应该快乐些呵……"

于是
被这新生的日子所蛊惑

我欢喜清晨郊外的军号的悠远的声音
我欢喜拥挤在忙乱的人丛里
我欢喜从街头敲打过去的锣鼓的声音
我欢喜马戏班的演技
　当我看见了那些原始的，粗暴的，健康的运动
　我会深深地爱着它们
　——像我深深地爱着太阳一样

今天
我感谢太阳
太阳召回了我的童年了

九、我向太阳

我奔驰
依旧乘着热情的轮子
太阳在我的头上
用不能再比这更强烈的光芒
燃灼着我的肉体
由于它的热力的鼓舞
我用嘶哑的声音
歌唱了：
　"于是，我的心胸
　被火焰之手撕开
　陈腐的灵魂
　搁弃在河畔……"
这时候
我对我所看见　所听见
感到了从未有过的宽怀与热爱
我甚至想在这光明的际会中死去……

1938 年 4 月，武昌

黄　昏

黄昏的林子是黑色而柔和的
林子里的池沼是闪着白光的
而使我沉溺地承受它的抚慰的风啊
一阵阵地带给我以田野的气息……

我永远是田野气息的爱好者啊……
无论我飘泊在哪里
当黄昏时走在田野上
那如此不可排遣地困惑着我的心的
是对于故乡路上的畜粪的气息
和村边的畜棚里的干草的气息的记忆啊……

1938 年 7 月 16 日黄昏，武昌

斜 坡

金黄的太阳辐射到
远远的小山的斜坡上——
那斜坡刚才是被薄雾遮住的，
而现在，我们可以看见
它的红的泥土和浅绿的草所缀成的美丽的脉络了……

我想：斜坡的下面是有村庄的吧——
以光洁的岩石当晒场
也该有壮健的少妇卷上袖管
在铺晒着昨天刚收割的谷类吧；
而她的男人赤着上身挑着担
从那昏暗的小门口走出；
而她的孩子则坐在岩石的边上
在叫唤着她……
但这一切，从这里都是看不见的啊——
一条长长的丛密的杂色的林木
已遮去了有丰富的图画的斜坡的下部。

1938 年 8 月，衡山

我爱这土地

假如我是一只鸟
我也应该用嘶哑的喉咙歌唱：
这被暴风雨所击打着的土地，
这永远汹涌着我们的悲愤的河流，
这无止息地吹刮着的激怒的风，
和那来自林间的无比温柔的黎明……
——然后我死了，
连羽毛也腐烂在土地里面。

为什么我的眼里常含泪水？
因为我对这土地爱得深沉……

1938 年 11 月 17 日

冬日的林子

我欢喜走过冬日的林子——
没有阳光的冬日的林子
干燥的风吹着的冬日的林子
天像要下雪的冬日的林子

没有色泽的冬日是可爱的
没有鸟的聒噪的冬日是可爱的
冬日的林子里一个人走着是幸福的
我将如猎者般轻悄地走过
而我决不想猎获什么……

1939 年 2 月 15 日

吹号者

　　好像曾经听到人家说过，吹号者的命运是悲苦的，当他用自己的呼吸磨擦了号角的铜皮使号角发出声响的时候，常常有细到看不见的血丝，随着号声飞出来……

　　吹号者的脸常常是苍黄的……

一

在那些蜷卧在铺散着稻草的地面上的困倦的人群里，
在那些穿着灰布衣服的污秽的人群里，
他最先醒来——
他醒来显得如此突兀
每天都好像被惊醒似的，
是的，他是被惊醒的，
惊醒他的
是黎明所乘的车辆的轮子
滚在天边的声音。

他睁开了眼睛，
在通宵不熄的微弱的灯光里
他看见了那挂在身边的号角，
他困惑地凝视着它
好像那些刚从睡眠中醒来
第一眼就看见自己心爱的恋人的人
一样欢喜——
在生活注定给他的日子当中
他不能不爱他的号角：

号角是美的——

它的通身
发着健康的光彩，
它的颈上
结着绯红的流苏。

吹号者从铺散着稻草的地面上起来了，
他不埋怨自己是睡在如此潮湿的泥地上，
他轻捷地绑好了裹腿，
他用冰冷的水洗过了脸，
他看着那些发出困乏的鼾声的同伴，
于是他伸手携去了他的号角；
门外依然是一片黝黑，
黎明没有到来，
那惊醒他的
是他自己对于黎明的
过于殷切的想望。

他走上了山坡，
在那山坡上伫立了很久，
终于他看见这每天都显现的奇迹：
黑夜收敛起她那神秘的帷幔，
群星倦了，一颗颗地散去……
黎明——这时间的新嫁娘啊
乘上有金色轮子的车辆
从天的那边到来……
我们的世界为了迎接她，
已在东方张挂了万丈的曙光……
看，
天地间在举行着最隆重的典礼……

二

现在他开始了，
站在蓝得透明的天穹的下面，
他开始以原野给他的清新的呼吸
吹送到号角里去，
——也夹带着纤细的血丝么？
使号角由于感激
以清新的声响还给原野，
——他以对于丰美的黎明的倾慕
吹起了起身号，
那声响流荡得多么辽远啊……

世界上的一切，
充溢着欢愉
承受了这号角的召唤……

林子醒了
传出一阵阵鸟雀的喧吵，
河流醒了
召引着马群去饮水，
村野醒了
农妇匆忙地从堤岸上走过，
旷场醒了
穿着灰布衣服的人群
从披着晨曦的破屋中出来，
拥挤着又排列着……

于是，他离开了山坡，
又把自己消失到那
无数的灰色的行列中去。

他吹过了吃饭号，
又吹过了集合号，
而当太阳以轰响的光采
辉煌了整个天穹的时候，
他以催促的热情
吹出了出发号。

三

那道路
是一直伸向永远没有止点的天边去的，
那道路
是以成万人的脚蹂踏着
成千的车轮滚辗着的泥泞铺成的，
那道路
连结着一个村庄又连结一个村庄，
那道路
爬过了一个土坡又爬过一个土坡，
而现在
太阳给那道路镀上了黄金了，
而我们的吹号者
在阳光照着的长长的队伍的最前面，
以行进号
给前进着的步伐
做了优美的拍节……

四

灰色的人群
散布在广阔的原野上，
今日的原野呵，
已用展向无限去的暗绿的苗草

给我们布置成庄严的祭坛了：
听，震耳的巨响
响在天边，
我们呼吸着泥土与草混合着的香味，
却也呼吸着来自远方的烟火的气息，
我们蛰伏在战壕里，
沉默而严肃地期待着一个命令，
像临盆的产妇
痛楚地期待着一个婴儿的诞生，
我们的心胸
从来未曾有像今天这样充溢着爱情，
在时代安排给我们的
——也是自己预定给自己的
生命之终极的日子里，
我们没有一个不是以圣洁的意志
准备着获取在战斗中死去的光荣啊！

五

于是，惨酷的战斗开始了——
无数千万的战士
在闪光的惊觉中跃出了战壕，
广大的，急剧的奔跑
威胁着敌人地向前移动……
在震撼天地的冲杀声里，
在决不回头的一致的步伐里，
在狂流般奔涌着的人群里，
在紧密的连续的爆炸声里，
我们的吹号者
以生命所给与他的鼓舞，
一面奔跑，一面吹出了那
短促的，急迫的，激昂的，

在死亡之前决不中止的冲锋号，
那声音高过了一切，
又比一切都美丽，
正当他由于一种不能闪避的启示
任情地吐出胜利的祝祷的时候，
他被一颗旋转过他的心胸的子弹打中了！
他寂然地倒下去
没有一个人曾看见他倒下去，
他倒在那直到最后一刻
　都深深地爱着的土地上，
然而，他的手
却依然紧紧地握着那号角；

在那号角滑溜的铜皮上，
映出了死者的血
和他的惨白的面容；
也映出了永远奔跑不完的
　带着射击前进的人群，
　和嘶鸣的马匹，
　和隆隆的车辆……
而太阳，太阳
使那号角射出闪闪的光芒……

听啊，
那号角好像依然在响……

1939 年 3 月末

他死在第二次

一、异床

等他醒来时
他已睡在异床上
他知道自己还活着
两个弟兄抬着他
他们都不说话

天气冻结在寒风里
云低沉而移动
风静默地摆动树梢
他们急速地
抬着异床
穿过冬日的林子

经过了烧灼的痛楚
他的心现在已安静了
像刚经过了可怕的恶斗的战场
现在也已安静了一样

然而他的血
从他的臂上渗透了绷纱布
依然一滴一滴地
淋滴在祖国的冬季的路上

就在当天晚上
朝向和他的异床相反的方向
那比以前更大十倍的庄严的行列

以万人的脚步
擦去了他的血滴所留下的紫红的斑迹

二、医院

我们的枪哪儿去了呢
还有我们的涂满血渍的衣服呢
另外的弟兄戴上我们的钢盔
我们穿上了绣有红十字的棉衣
我们躺着又躺着
看着无数的被金属的溶液
和瓦斯的毒气所啮蚀过的肉体
每个都以疑惧的深黑的眼
和连续不止的呻吟
迎送着无数的日子
像迎送着黑色棺材的行列
在我们这里
没有谁的痛苦
会比谁少些的
大家都以仅有的生命
为了抵挡敌人的进攻
迎接了酷烈的射击——
我们都曾把自己的血
流洒在我们所守卫的地方啊……
但今天，我们是躺着又躺着
人们说这是我们的光荣
我们却不要这样啊
我们躺着，心中怀念着战场
比怀念自己生长的村庄更亲切
我们依然欢喜在
烽火中奔驰前进呵
而我们，今天，我们

竟像一只被捆绑了的野兽
呻吟在铁床上
——我们痛苦着，期待着
要到何时呢？

三、手

每天在一定的时候到来
那女护士穿着白衣，戴着白帽
无言地走出去又走进来
解开负伤者的伤口的绷纱布
轻轻地扯去药水棉花
从伤口洗去发臭的脓与血
纤细的手指是那么轻巧
我们不会有这样的妻子
我们的姊妹也不是这样的
洗去了脓与血又把伤口包扎
那么轻巧，都用她的十个手指
都用她那纤细洁白的手指
在那十个手指的某一个上闪着金光
那金光晃动在我们的伤口
也晃动在我们的心的某个角落……
她走了仍是无言地
她无言地走了后我看着自己的一只手
这是曾经拿过锄头又举过枪的手
为劳作磨成笨拙而又粗糙的手
现在却无力地搁在胸前
长在负了伤的臂上的手啊
看着自己的手也看着她的手
想着又苦恼着，
苦恼着又想着，
究竟是什么缘分啊

这两种手竟也被搁在一起？

四、愈合

时间在空虚里过去
他走出了医院
像一个囚犯走出了牢监
身上也脱去笨重的棉衣
换上单薄的灰布制服
前襟依然绣着一个红色的十字
自由，阳光，世界已走到了春天
无数的人们在街上
使他感到陌生而又亲切啊
太阳强烈地照在街上
从长期的沉睡中惊醒的
生命，在光辉里跃动
人们匆忙地走过
只有他仍是如此困倦
谁都不曾看见他——
一个伤兵，今天他的创口
已愈合了，他欢喜
但他更严重地知道
这愈合所含有的更深的意义
只有此刻他才觉得
自己是一个兵士
一个兵士必须在战争中受伤
伤好了必须再去参加战争
他想着又走着
步伐显得多么不自然啊
他的脸色很难看
人们走着，谁都不曾
看见他脸上的一片痛苦啊

只有太阳，从电杆顶上
伸下闪光的手指
抚慰着他的惨黄的脸
那在痛苦里微笑着的脸……

五、姿态

他披着有红十字的灰布衣服
让两襟摊开着，让两袖悬挂着
他走在夜的城市的宽直的大街上
他走在使他感到陶醉的城市的大街上
四周喧腾的声音，人群的声音
车辆的声音，喇叭和警笛的声音
在紧迫地拥挤着他，推动着他，刺激着他，
在那些平坦的人行道上
在那些炫目的电光下
在那些滑溜的柏油路上
在那些新式汽车的行列的旁边
在那些穿着艳服的女人面前
他显得多么褴褛啊
而他却似乎突然想把脚步放宽些
（因为他今天穿有光荣的袍子）
他觉得他是应该
以这样的姿态走在世界上的
也只有和他一样的人才应该
以这样的姿态走在世界上的

然而，当他觉得这样地走着
——昂着头，披着灰布的制服，跨着大步
感到人们的眼都在看着他的脚步时
他的浴在电光里的脸
却又羞愧地红起来了

为的是怕那些人们
已猜到了他心中的秘密——
其实人家并不曾注意到他啊

六、田 野

这是一个晴朗的日子
他向田野走去
像有什么向他召呼似的

今天，他的脚踏在
田堤的温软的泥土上
使他感到莫名的欢喜
他脱下鞋子
把脚浸到浅水沟里
又用手拍弄着流水
多久了——他生活在
由符号所支配的日子里
而他的未来的日子
也将由符号去支配
但今天，他必须在田野上
就算最后一次也罢
找寻那向他召呼的东西
那东西他自己也不晓得是什么
他看见了水田
他看见一个农夫
他看见了耕牛
一切都一样啊
到处都一样啊
——人们说这是中国
树是绿了，地上长满了草。
那些泥墙，更远的地方

那些瓦屋，人们走着
——他想起人们说这是中国
他走着，他走着
这是什么日子呀
他竟这样愚蠢而快乐
年节里也没有这样快乐呀
一切都在闪着光辉
到处都在闪着光辉
他向那正在忙碌的农夫笑
他自己也不晓得为什么笑
农夫也没有看见他的笑

七、一瞥

沿着那伸展到城郊去的
林荫路，他在浓蓝的阴影里走着
避开刺眼的阳光，在阴暗里
他看见：那些马车，轻快地
滚过，里面坐着一些
穿得那么整齐的男女青年
从他们的嘴里飘出笑声
和使他不安的响亮的谈话
他走着，像一个衰惫的老人
慢慢地，他走近一个公园
在公园的进口的地方
在那大理石的拱门的脚旁
他看见：一个残废了的兵士
他的心突然被一种感觉所惊醒
于是他想着：或许这残废的弟兄
比大家都更英勇，或许
他也曾愿望自己葬身在战场
但现在，他必须躺着呻吟着

呻吟着又躺着

过他生命的残年

啊，谁能忍心看这样子

谁看了心中也要烧起了仇恨

让我们再去战争吧

让我们在战争中愉快地死去

却不要让我们只剩了一条腿回来

哭泣在众人的面前

伸着污秽的饥饿的手

求乞同情的施舍啊！

八、递换

他脱去了那绣有红十字的灰布制服

又穿上了几个月之前的草绿色的军装

那军装的血渍到哪儿去了呢

而那被子弹穿破的地方也已经缝补过了

他穿着它，心中起了一阵激动

这激动比他初入伍时的更深沉

他好像觉得这军装和那有红十字的制服

有着一种永远拉不开的联系似的

他们将永远穿着它们，递换着它们

是的，递换着它们，这是应该的

一个兵士，在自己的

祖国解放的战争没有结束之前

这两种制服是他生命的旗帜

这样的旗帜应该激剧地

飘动在被践踏的祖国的土地上……

九、欢送

以接连不断的爆竹声作为引导

以使整个街衢都激动的号角声作为引导
以挤集在长街两旁的群众的呼声作为引导
让我们走在众人的愿望所铺成的道上吧
让我们走在从今日的世界到明日的世界的道上吧
让我们走在那每个未来者都将以感激来追忆的
　　道上吧
我们的胸膛高挺
我们的步伐齐整
我们在人群所砌成的短墙中间走过
我们在自信与骄傲的中间走过
我们的心除了光荣不再想起什么
我们除了追踪光荣不再想起什么
我们除了为追踪光荣而欣然赴死不再
　　想起什么……

十、一念

你曾否知道
死是什么东西?
——活着，死去，
虫与花草
也在生命的蜕变中蜕化着……
这里面，你所能想起的
是什么呢?
当兵，不错，
把生命交给了战争
死在河畔!
死在旷野!
冷露凝冻了我们的胸膛
尸体腐烂在野草丛里
多少年代了
人类用自己的生命

肥沃了土地
又用土地养育了
自己的生命
谁能逃避这自然的规律
——那末，我们为这而死
又有什么不应该呢？
背上了枪
摇摇摆摆地走在长长的行列中
你们的心不是也常常被那
比爱情更强烈的什么东西所苦恼吗？
当你们一天出发了，走向战场
你们不是也常常
觉得自己曾是生活着，
而现在却应该去死
——这死就为了
那无数的未来者
能比自己生活得幸福么？
一切的光荣
一切的歌赞
又有什么用呢？
假如我们不曾想起
我们是死在自己圣洁的志愿里？
——而这，竟也是如此不可违反的
民族的伟大的意志呢？

十一、挺进

挺进啊，勇敢啊
上起刺刀吧，兄弟们
把千万颗心紧束在
同一的意志里：
为祖国的解放而斗争呀！

什么东西值得我们害怕呢——
当我们已经知道为战斗而死是光荣的？
挺进啊，勇敢啊
朝向炮火最浓密的地方
朝向喷射着子弹的堑壕
看，胆怯的敌人
已在我们驰奔直前的步伐声里颤抖了！
挺进啊，勇敢啊
屈辱与羞耻
是应该终结了——
我们要从敌人的手里
夺回祖国的命运
只有这神圣的战争
能带给我们自由与幸福……
挺进啊，勇敢啊
这光辉的日子
是我们所把握的！
我们的生命
必须在坚强不屈的斗争中
才能冲击奋发！
兄弟们，上起刺刀
勇敢啊，挺进啊！

十二、他倒下了

竟是那末迅速
不容许有片刻的考虑
和像电光般一闪的那惊问的时间
在燃烧着的子弹
第二次——也是最后一次呵——
穿过他的身体的时候
他的生命

111

曾经算是在世界上生活过的
终于像一株
被大斧所砍伐的树似的倒下了
在他把从那里可以看着世界的窗子
那此刻是蒙上喜悦的泪水的眼睛
永远关闭了之前的一瞬间
他不能想起什么
——母亲死了
又没有他曾亲昵过的女人
一切都这末简单

一个兵士
不晓得更多的东西
他只晓得
他应该为这解放的战争而死
当他倒下了
他也只晓得
他所躺的是祖国的土地
——因为人们
那些比他懂得更多的人们
曾经如此告诉过他

不久，他的弟兄们
又去寻觅他
——这该是生命之最后一次的访谒
但这一次
他们所带的不再是舁床
而是一把短柄的铁铲

也不曾经过选择
人们在他所守卫的
河岸不远的地方

挖掘了一条浅坑……

在那夹着春草的泥土
覆盖了他的尸体之后
他所遗留给世界的
是无数的星布在荒原上的
可怜的土堆中的一个
在那些土堆上
人们是从来不标出死者的名字的
——即使标出了
又有什么用呢？

1939 年春末

怀临汾

在北方的夜里
我曾迷惑于
那空阔的高爽的灰蓝色的天
而那天是以
疏落的枣树的枝桠支撑着的

我们走上古城
看着土堡
平展在下面广大无边的原野
我们的耳边
彻响着："战争!"

虽然是漠然地谈起友朋的踪迹
——但死了的和活着的
一样使我们亲切啊
而且我们又像那些
把人生看做浮萍的古人
慨然地接受
明天的离别

回来，我们看见
月影下的驴子
和驴子旁边蹲着的
戴着破皮帽
抽着旱烟的农民

我们沉默地踏进荒废的园子

和空寂的庭阶……
忽然又听见
街上有长鞭驱策车轮隆隆地滚过……

旷　野

薄雾在迷蒙着旷野啊……

看不见远方——
看不见往日在晴空下的
天边的松林，
和在松林后面的
迎着阳光发闪的白垩岩了；
前面只隐现着
一条渐渐模糊的
灰黄而曲折的道路，
和道路两旁的
乌暗而枯干的田亩……

田亩已荒芜了——
狼藉着犁翻了的土块，
与枯死的野草，
与杂在野草里的
腐烂了的禾根；
在广大的灰白里呈露出的
到处是一片土黄，暗赭，
与焦茶的颜色的混合啊……
——只有几畦萝卜，菜蔬
以披着白霜的
稀疏的绿色，
点缀着
这平凡，单调，简陋
与卑微的田野。

那些池沼毗连着，
为了久旱
积水快要枯涸了；
不透明的白光里
弯曲着几条淡褐色的
不整齐的堤岸；
往日翠茂的
水草和荷叶
早已沉淀在水底了；
留下的一些
枯萎而弯曲的枝杆，
呆然站立在
从池面徐缓地升起的水蒸气里……

山坡横陈在前面，
路转上了山坡，
并且随着它的起伏
而向下面的疏林隐没……
山坡上，
灰黄的道路的两旁，
感到阴暗而忧虑的
只是一些散乱的墓堆，
和快要被湮埋了的
黑色的石碑啊。

一切都这样地
静止，寒冷，而显得寂寞……

灰黄而曲折的道路啊！
人们走着，走着，
向着不同的方向，
却好像永远被同一的影子引导着，

结束在同一的命运里；
在无止的劳困与饥寒的前面
等待着的是灾难、疾病与死亡——
彷徨在旷野上的人们
谁曾有过快活呢?

然而
冬天的旷野
是我所亲切的——
在冷彻肌骨的寒霜上，
我走过那些不平的田塍，
荒芜的池沼的边岸，
和褐色阴暗的山坡，
步伐是如此沉重，直至感到困厄
——像一头耕完了土地
带着倦怠归去的老牛一样……

而雾啊——
灰白而混浊，
茫然而莫测，
它在我的前面
以一根比一根更暗淡的
电杆与电线，
向我展开了
无限的广阔与深邃……

你悲哀而旷达，
辛苦而又贫困的旷野啊……

没有什么声音，
一切都好像被雾窒息了；
只在那边

看不清的灌木丛里，
传出了一片
畏慑于严寒的
抖索着毛羽的
鸟雀的聒噪……

在那芦蒿和荆棘所编的篱围里
几间小屋挤聚着——
它们都一样地
以墙边柴木的凌乱，
与竹竿上垂挂的褴褛，
叹息着
徒然而无终止的勤劳；
又以凝霜的树皮盖的屋背上
无力地混合在雾里的炊烟，
描画了
不可逃避的贫穷……

人们在那些小屋里
过的是怎样惨淡的日子啊……
生活的阴影覆盖着他们……
那里好像永远没有白日似的，
他们和家畜呼吸在一起，
——他们的床榻也像畜棚啊；
而那些破烂的被絮，
就像一堆泥土一样的
灰暗而又坚硬啊……

而寒冷与饥饿，
愚蠢与迷信啊，
就在那些小屋里
强硬地盘据着……

农人从雾里
挑起篾箩走来，
篾箩里只有几束葱和蒜；
他的毡帽已破烂不堪了，
他的脸像他的衣服一样污秽，
他的冻裂了皮肤的手
插在腰束里，
他的赤着的脚
踏着凝霜的道路，
他无声地
带着扁担所发出的微响，
慢慢地
在蒙着雾的前面消失……

旷野啊——
你将永远忧虑而容忍
不平而又缄默么？

薄雾在迷蒙着旷野啊……

1940 年 1 月 3 日晨

冬天的池沼

冬天的池沼，
寂寞得像老人的心——
饱历了人世的辛酸的心；
冬天的池沼，
枯干得像老人的眼——
被劳苦磨失了光辉的眼；
冬天的池沼，
荒芜得像老人的发——
像霜草般稀疏而又灰白的发；
冬天的池沼，
阴郁得像一个悲哀的老人——
佝偻在阴郁的天幕下的老人。

1940 年 1 月 11 日

树

一棵树，一棵树
彼此孤立地兀立着
风与空气
告诉着它们的距离

但是在泥土的覆盖下
它们的根伸长着
在看不见的深处
它们把根须纠缠在一起

1940 年春

水 鸟

两只水鸟浮动在水边
乌篷船里发出了枪声
一只在惊怖中逃逸了
另一只挣扎在受伤的痛苦里
它的翅翼无力地拍着水面
又迷乱地飞了几圈
才慢慢地向上举起
终于朝江岸的岩石
与丛林间飞去……

此刻！
它在岩石的隙缝间
用自己的嘴抚自己的创伤
在寂寞的哀鸣里
期待着伴侣的来临

1940 年，夫夷江上

123

船夫与船

你们的帆像阴天一样灰暗，
你们的篙篷像土地一样枯黄，
你们的船身像你们的脸
褐色而刻满了皱纹，
你们的眼睛和你们的船舱
老是阴郁地凝视着空茫，
你们的桨单调地
诉说着时日的嫌厌，
你们的舵柄像你们的手一样弯曲
而且徒劳地转动着，
你们的船像你们的生命——
永远在广阔与渺茫中旅行，
在困苦与不安中旅行……

1940 年 2 月

无 题

有时我也挑灯独立
爱和夜守住沉默
听风声狂啸于屋外
怀想一些远行人

1940 年 2 月

山毛榉

春日的雷雨，
粗暴地摇撼着山毛榉；
春日的雷雨，
摇撼着我的心啊！

山毛榉，昂然举起了头，
在山野上飘起褐色的发，
感染了大地的爱与忧郁，
把根须攀缠住岩石与泥土；

欢喜沉默的
阳光与雾的朋友，
偶尔借风的语言
向山野披示痛苦；
历尽了冰霜与淫雨，
山毛榉慨然等待着霹雳的打击，
和那残酷的斧斤所带来的
伐木丁丁的声音……

1940 年春

126

独木桥

在两个环着云的高山相接的地方
在两个山峰突然向下倾斜的下面
在几尺高的芝草的密丛里
横着一根棕榈的树干
——独木桥连住了两个高山

旅行的人们从它上面走过
它在半空里微微地抖动
一条百丈深的黑坑
裂开在它的下面
从黑坑的最深处
可以听见悠远的水流的声音

1940 年 2 月 17 日

月　光

把轻轻的雾撒下来
把安谧的雾撒下来
在褐色的地上敷上白光
月明的夜是无比的温柔与宽阔的啊

给我的灵魂以沐浴
我在寒冷的空气里走着
穿过那些石子铺的小巷
闻着田边腐草堆的气息

那些黑影是些小屋
困倦的人们都已安眠了
没有灯光　静静地
连鼾声也听不见

我走过它们面前
温柔地浮起了一种想望
我想向一切的门走去
我想伸手叩开一切的门

我想俯嘴向那些沉睡者
说一句轻微的话不惊醒他们
像月光的雾一样流进他们的耳朵
说我此刻最了解而且欢喜他们每一个人

1940 年 4 月 15 日夜

小 马

跟随在牝马的后面,
新生的小马跳跃过田塍,
短短的鬃毛摆动着,
小小的蹄子嘚嘚的响,
它是多么欢愉,新鲜,
活泼而富有力量啊!
——来在世界上
它还不曾尝过苦辛。

火　把

　　　一、邀

"唐尼　时候到了
快点吧"

"李茵
你坐下
我梳一梳头
换一换衣
⋯⋯
你看我的头发
这么乱
　　我的梳子
　　哪儿去了?"

"你的梳子
刚才我看见的
它夹在《静静的顿河》里"
"啊　头发都打了结
以后我不再打篮球了
⋯⋯今天下午
我沿着那小河回来
看见河边搁着
一个淹死了的伤兵
涨着肚子没有人去理会
⋯⋯今天我一定要倒霉"

"唐尼　时候到了

快点吧"

"好　你别急
我换一换衣
——这制服又忘了烫
算了吧
反正在晚上
……李茵
你看我又胖了
这衣服真太紧
差点儿要挣破
前年在汉口
我也穿了这制服
参加游行的"

"快点吧　时候到了
别再说话"

"李茵　你真急
我还要擦一擦脸
这油光真讨厌——"

"你跑那边去找什么？
找什么？唐尼！
　　你的粉盒
　　　　压在《大众哲学》上
　　你的口红
　　　　躺在《论新阶段》一起。"

"李茵！"

"快点吧　唐尼

七点三刻了"

"好
我穿好鞋子马上跑
到八点集合
来得及"

"我的鞋拔呢?"

"在你哥哥的照相的旁边"

"啊　哥哥
假如你还活着
今晚上
你该多么快活!"

"唐尼
今晚上
你真美丽"

"李茵
你再说我不去了"

"你不去也好
留在家里可以睡觉"

"好了　走吧
妈　你来把门闩上
今晚上
我很迟才回来"
(一个老迈的声音从里面传出)
"尼尼　孩子

今晚上天很黑
别忘了带电筒"

"不要　妈
今晚上
我带火把回来"

二、街上

"今夜的电灯好像
特别亮　你看那街上
这么多人　这么多人！
好像被什么旋风刮出来的
哪儿来的这么多人？
这城市　哪儿来的
这么多人？他们
都到哪儿去？啊　是的
他们也去参加火炬游行……
那些工人　那些女工
那些店员　那些学生
那些壮丁　那些士兵
都来了　都来了
所有的人都来了
我们的校工也来了
我们的号兵也来了
那么多的旗　那么多的标语……
还有那些宣传画　那么大；
红的　白的　黄的　蓝的旗……
领袖们的肖像　被举在空中。
啊　看那边：还要多　还要多
他们跑起来了　都跑起来了，
有的赶不上了　落下了……

你看：那个黄脸的号兵
晃郎着号角气都喘不过来；
那些学生唱起歌来了：
　起来
　　不愿做奴隶的人们……
他们跑得多么快啊
他们去远了　去远了……"
"唐尼　时间到了
我们到公共体育场去集合吧
我们赶快
从这小巷赶上去！"

三、会场

"她们都到了　她们都到了
赖英的头上打了一个丝结
她们都到了　大家都到了
何慧芳的眼镜在发亮
大家都到了　连那些小的也来了
刘桃芬　康素琴　李娟
啊　你们都来了　我们迟了
我们迟了　我们是从小巷赶来的
台上的煤气灯
照得这会场像白天
你这制服哪儿做的？
同你的身体很合适
我的是前年在汉口做的
太紧了　小得叫人闷气
今晚倒还凉
　　　　　　　毛英华
你的皮鞋擦得好亮
　　　　　啊

那么多工人　那么多　你们看
每只手像一个木榔头
脸上是煤灰　像从烟囱里出来的
他们都瞪着眼在看什么？他们
都张着嘴在等什么？他们
都一动不动的在想什么？他们
朝我们这边看了　朝我们这边看了
那些眼睛像在发怒的
像在发怒的看着我们
啊　我真怕他们那些眼睛
　　　　　　　　　　　　这边
这边全是学生　全是
那个胖家伙跌了跤了
你们看：写信给彭菲灵的
就是他
　　　　写信给邓健的
也是他
　　　　听说他的体重有两百零五磅
　　　　　　　　　　　　　真可怕
这是什么学校的
蠢样子　个个都那么呆
那个打旗的像要哭出来
他们乱了　前面的踏着后面的脚
我们退后面一点　排好

　　　　　　　　李茵哪儿去了？
你看见李茵在哪里？
啊　看见了
　　　　　　她和那抗宣队的在一起
为什么脸上显得那么忧愁
她又笑了　她来了……

135

李茵来！
　　　我和你一起！

他们也来了　他也来了
他为什么低着头　像在想着什么？
他也想什么？那么困苦的想什么？
他抬起头了　他在找……
他看见了　但他又把头低下去
他为什么低着头　像在想着什么？

李茵　你在这里等一下
我去看看他

"克明　我和你说几句话
克明　你好么？"

"我很好——
你有什么话
请快点说吧"

"我不是要来和你吵架
我问你：
我写了三封信给你　你为什么不理？"

"唐尼　这几天
我正在忙着筹备今夜的大会
而且你的信
只说你有点头痛
只说讨厌这天气
对于这些事我有什么办法呢
而且我已不止劝过你一次……"

"而且
你正忙于交际呢!"

"什么意思?"
"这只有你自己最清楚。"
(人们在她和他之间走过
　　又用眼睛看看他们的脸)
"明天再好好谈吧
或者——我写一封长信给你
播音筒已在向台前说话"
　　(一个声音在空气中震动)
"开会!"

　　　　四、演说

煤油灯从台上
发光　演说的人站在台上
向千万只耳朵发出宣言。
他的嘴张开　声音从那里出来
他的手举起　又握成拳头
他的拳头猛烈地向下一击
嘴里的两个字一齐落下:"打倒!"
他的眼睛在灯光下闪烁
像在搜索他所摹拟的敌人
他的声音慢慢提高
他的感情慢慢激昂
他的心像旷场一样阔宽
他的话像灯光一样发亮
无数的人群站在他的前面
无数的耳朵捕捉他的语言
这是钢的语言　矿石的语言
或许不是语言　是一个

137

铁锤拚打在铁砧上
也或许是一架发动机
在那儿震响　那声音的波动
在旷场的四周回荡
在这城市的夜空里回荡

这是电的照耀
这是火的煽动
这是煽起火焰的狂风
这是暴怒了的火焰
这是一种太沉重的捶击
每一下都捶在我们的心上

这是一阵雷从空中坠下
这是一阵暴风雨
吹刮过我们所站的旷场
这是一种可怕的预言
这是一种要把世界劈成两半的宣言
这是一种使旧世界流泪忏悔的力量

这不是语言　这是
一架发动机在鸣响
这是一个铁锤击落在铁砧上
这是矿石的声音
这是钢铁的声音
这声音像飓风
它要煽起使黑夜发抖的叛乱
听呵　这悠久而沉洪
喧闹而火烈的
群众的欢呼鼓掌的浪潮……

五、"给我一个火把"

火把从那里出来了
火把一个一个地出来了
数不清的火把从那边来了
美丽的火把
耀眼的火把
热情的火把
金色的火把
炽烈的火把
人们的脸在火光里
显得多么可爱
在这样的火光里
没有一个人的脸不是美丽的
火把愈来愈多了
愈来愈多了　　愈来愈多了
火把已排成发光的队伍了
火把已流成红光的河流了
火光已射到我们这里来了
火光已射到我们的脸上了
你们的脸在火光里真美
你们的眼在火光里真亮
你们看我呀我一定也很美
我的眼一定也射出光采
因为我的血流得很急
因为我的心里充满了欢喜
让我们跟着队伍走去
跟着队伍到那边去
到那火把出来的地方去
到那喷出火光的地方去
快些去　　快些去　　快去

去要一个火把……
"给我一个火把!"
"给我一个火把!"
"给我一个火把!"
你们看
我这火把
亮得灼眼啊……

这是火的世界……
这是光的世界……

六、火 的 出 发

"火把的烈焰
赶走了黑夜"

把火把举起来
把火把举起来
把火把举起来
每个人都举起火把来
一个火把接着一个火把
无数的火把跟着火把走

慢慢地走整齐地走
一个紧随着一个
每个都把火把
举在自己的前面
让火光照亮我们的脸
照亮我们的
　　　　昨天是愁苦着
　　　　今天却狂喜着的脸
照亮我们的

　　　　　　每一个都像
　　　　　　基督一样严肃的脸
照亮我们的
　　　　　　昂起着的胸部
　　　　　　——那里面激荡着憎与爱的
　　　　　　血液
照亮我们的脚
　　　　　　即使脚踝流着血
　　　　　　也不停止前进的脚
让我们火把的光
照亮我们全体
　　　　　　没有任何的障碍
　　　　　　可以阻拦我们前进的全体
照亮我们这城市
和它的淌流过正直人的血的街
照亮我们的街
和它的两旁被炸弹所摧倒的房屋
照亮我们的房屋
和它的崩坍了的墙
和狼藉着的瓦砾堆
让我们的火把
照亮我们的群众
挤在街旁的数不清的群众
挤在屋檐下的群众
站满了广场的群众
让男的　女的　老的　小的
都以笑着的脸
迎接我们的火把

让我们的火把
叫出所有的人
叫他们到街上来

让今夜
这城市没有一个人留在家里

让所有的人
都来加入我们这火的队伍

让卑怯的灵魂
腐朽的灵魂
发抖在我们火把的前面

让我们的火把
照出懦弱的脸
畏缩的脸

在我们火光的监视下
让犹大抬不起头来

让我们每个都成为帕罗美修斯
从天上取了火逃向人间
让我们的火把的烈焰
把黑夜摇坍下来
把高高的黑夜摇坍下来
把黑夜一块一块地摇坍下来

把火把举起来
把火把举起来
把火把举起来
每个人都举起火把来

七、宣传卡车

那被绳子牵着的

142

是汉奸
　　　那穿着长袍马褂
戴着瓜皮帽的
是操纵物价的奸商
　　　那脸上涂了白粉
眉眼下垂　弯着红嘴的
是汪精卫
　　　那女人似的笑着的
是汪精卫

那个鼻子下有一撮小胡子的
日本军官
　　　搂着一个
中国农夫的女人
那个女人
像一头被捉住的母羊似的叫着又挣扎着
那军官的嘴
　　　像饿了的狗看见了肉骨头似的
　　　张开着
那个女人
　　　伸出手给那军官一个巴掌
那个汪精卫
　　　拉上了袖子
　　　用手指指着那女人的鼻子
　　　骂了几句
那个汪精卫
　　　在那军官的前面跪下了
那个汪精卫
　　　花旦似的
　　　向那日本军官哭泣
那日本军官
　　　拍拍他的头又摸摸他的脸

143

那个汪精卫
　　　　女人似的笑了
他起来坐在那军官的腿上
他给那军官摸摸须子
他把一只手环住了那军官的颈
他的另一只手拿了一块粉红色的手帕
他用那手帕给那军官的脸轻轻地抚摸
那军官的脸是被那女人打红了的
那军官就把他抱得紧紧地
那军官向那汪精卫要他手中的手帕
那军官在汪精卫涂了白粉的脸上香了一下
那汪精卫撒着娇
　　　　把那手帕轻轻地在日本军官的前面抖着
那日本军官一手把那手帕抢了去
那手帕上是绣着一个秋海棠叶的图案的
那军官张开血红的嘴
　　　　大笑着　大笑着
那军官从裤袋里摸出几张钞票
给那个汪精卫
那军官拍拍他的脸
又用嘴再在那脸上香了一下

四个中国兵　走拢来　走拢来
用枪瞄准他们
瞄准那个日本军官　瞄准奸商　汉奸
　瞄准汪精卫
在四个兵一起的
　　　　是工人　农人　学生
他们一齐拥上去
　　　　把那些东西扭打在地上
连那个女人都伸出了拳头
那个农夫又给那个跪着求饶的汪精卫猛烈的一脚

144

那个学生向着街旁的群众举起了播音筒
"各位亲爱的同胞！我们抗战已经三年！
敌人愈打愈弱　我们愈打愈强
只要大家能坚持抗战！坚持团结！
反对妥协　肃清汉奸
动员民众　武装民众
最后的胜利一定属于我们！"

八、队伍

这队伍多么长啊　多么长
好像把这城市的所有的人都排列在里面
不　好像还要多　还要多
好像四面八方的人都已从远处赶来
好像云南　贵州　热河　察哈尔的都已赶来
好像东三省　蒙古　新疆　绥远的都已赶来
好像他们都约好今夜在这街上聚会
一起来排成队　看排起来有多么长
一起来呼喊　看叫起来有多么响
我们整齐地走着　整齐地喊
每人一个火把　举在自己的前面
融融的火光啊　一直冲到天上
把全世界的仇恨都燃烧起来
我们是火的队伍
我们是光的队伍

软弱的滚开　卑怯的滚开
让出路　让我们中国人走来
昏睡的滚开　打呵欠的滚开
当心我们的脚踏上你们的背
滚开去——垂死者　苍白者
当心你们的耳膜　不要让它们震破

145

我们来了　举着火把　高呼着
用霹雳的巨响　惊醒沉睡的世界

我们是火的队伍
我们是光的队伍

人愈走愈多　队伍愈排愈长
声音愈叫愈响　火把愈烧愈亮
我们的脚踏过了每一条街每一条巷
我们用火光搜索黑暗
把阴影驱赶
卫护我们前进

我们是火的队伍
我们是光的队伍

这队伍多末长啊　多末长
好像全中国的人都已排列在里面
我们走过了一条街又一条街
我们叫喊一阵又歌唱一阵
我们的声音和火光惊醒了一切
黑夜从这里逃遁了
哭泣在遥远的荒原

九、来

你们都来吧
你们都来参加
不论站在街旁
还是站在屋檐下

你们都来吧

你们都来参加
女人们也来
抱着小孩的也来

大家一起来
一起来参加
来喊口号　来游行
来举起火把

来喊口号　来游行
来举起融融的火把
把我们的愤怒叫出来
把我们的仇恨烧起来

十、散队

我们已走遍了这城市的东南西北
我们已走遍了这城市的大街小巷
"李茵　我们已到这么远的地方。
现在我们得回去　队伍散了……
但是　你看　那些人仍旧在呼唱
他们都已在兴奋里变得癫狂
每个人都激动了　全身的血在沸腾
李茵　刚才火把照着你狂叫着的嘴
我真害怕　好像这世界马上要爆开似的
好像一切都将摧毁　连摧毁者自己也摧毁"

"唐尼　你看见的么　我真激动
好像全身的郁气都借这呼叫舒出了
唐尼　你的脸　也很异样
告诉我　唐尼
当那洪流般的火把摆荡的时候

你曾想起了什么？看见了什么？"

"李茵　那真是一种奇迹——
当我看见那火把的洪流摆荡的时候
的确曾想起了一种东西
看见了一种东西
一种完全新的东西
我所陌生的东西……"

十一、他不在家

"真的　李茵
你见到克明么
在那些走在前面的队伍里
你见到克明么
那些学生没有一刻是安静的
他们把口号叫得那么响
又把火把举得那么高
他们每个都那么高大　那么粗野
好像要把这长街
当做他们的运动场
火把照出他们的汗光
我真怕他们
他们好像已沿着这城墙走远……
但是　李茵
当队伍散开的时候
你见到克明么"

"他一定从那石桥回去了
这里离他住的地方
不是只要转一个弯么
我陪你去看他"

一〇三
一〇五
一〇七号——到了

"打门吧
（TA！TA！TA！）
他不在家"

十二、一个声音在心里响

"你在哪里？你在哪里？
这么大的地方哪儿去找你呢？
这么多的人怎能看到你呢？
这么杂乱的声音怎能叫你呢？

我举着火把来找你
你在哪里？你在哪里？
今夜多么美　你在哪里？
你在哪里？我的脸发烫
我的心发抖　你在哪里？

我举着火把来找你

你在哪里？你在哪里？
这么多人没有一个是你
这么多火把过去都没有你
这么多火光照着的脸都不是你

我举着火把来找你

我要看见你！我要看见你！

我要在火光里看见你……
我要用手指抚摸你的脸　你的发
我的这手指不能抚摸你一次么?

我举着火把来找你
无论如何　我要看见你啊
我要见你　听你一句话
只一句话:'爱与不爱'
你在哪里? 你在哪里?"

十三、那是谁

"唐尼　他来了
从十字街口那边转弯
来了。克明来了
你看　前额上闪着汗光
他举着火把走来了……"

"那是谁? 那是谁?
和他一起走来的
那是谁? 那穿了草绿色的裙装的
女子是谁? 那头发短得像马鬃的
女子是谁? 那大声地说着话的
又大声地笑着的女子是谁?
那走路时摇摆着身体的
女子是谁? 那高高的挺起胸部的
女子是谁?

她在做什么? 做什么?
她指手划脚地在做什么?
她在说什么? 说什么?
她在和他大声地说着什么?

她在说什么？还是在辩论什么？
你听　她在说什么？那么响：

　　　'目前——我们的
　　　工作——开展……
　　　主观上的弱点——
　　　正在克服……
　　　目前——我们
　　　激烈地批判——
　　　残留着的
　　　小资产阶级的
　　　劣根性……
　　　以及——妨碍工作的
　　　恋爱……
　　　受到了无情的
　　　打击！
　　　目前——我们的
　　　工作——开展……'
他们走近来了……
他们走近来了……李茵——
我们——"

"唐尼　让我
向他们打招呼……"

"不要！
李茵　我头昏
我们从这小巷回去吧"

今夜　你们知道
谁的火把
最先熄灭了

又从那无力的手中
滑下？

十四、劝一

"唐尼　我在火光里
看见了你的眼泪
唐尼　这样的夜
你不感到兴奋么　唐尼
唐尼　你不应该
在大家都笑着的时候哭泣
唐尼　爱情并不能医治我们
却只有斗争才把我们救起　唐尼
你应该记起你的哥哥
才五六年　你应该能够记起
唐尼　不要太渴求幸福
当大家都痛苦的时候
个人的幸福是一种耻辱　唐尼
唐尼　只要我们眼睛一睁开
就看见血肉模糊的一团……
假如你还有热情　还有人性
你难道忍心一个人去享乐？
我们有太多的事情要做
你怎么应该哭　唐尼
你要尊敬你的哥哥
为了他而敛起眼泪
唐尼　你是他的妹妹
如你都忘了他
谁还能记得他呢
唐尼　坐下来
在这河边坐下来
让我好好和你说……"

"李茵
请把你的火把
吹熄吧"

"好的——
我有火柴
随时可以点着它"

"这样
倒舒服些……"

十五、劝二

"我还有好些事要告诉你……"
——《新约·约翰福音》十六章十二节。

"唐尼　现在让我告诉你
我也是哭泣过的　两年前
我曾爱过一个军官
我们一起过了美满的一个月
但他却把我玩了又抛掉了
我曾哭过一个星期
你知道　我是一个人
从沦陷了的家乡跑出来的

(几个人举着火把
　　从她们前面过去……)

"认识我的人们
在我幸福时
他们妒忌我

在我不幸时
他们嘲笑我
假如我没有勇气抵抗那些
冷酷的眼和恶毒的嘴
我早已自杀了

"但我很快就把心冷静下来
——我不怨他　我们这年头
谁能怨谁呢　我只是
拚命看书——我给你的那些书
都是那时买的。我变得很快
我很快就胖起来。完全像两个人
心里很愉快。我发现自己身上
好像有一种无穷的力。我非常
渴望工作。我热爱人生——

　　　　（几个人举着火把过去）

"生命应该是永远发出力量的机器
应该是一个从不停止前进的轮子
人生应该是
一种把自己贡献给群体的努力
一种个人与全体取得
调协的努力
……我们应该宝贵生命
不要把生命荒废

　　　　（几个人举着火把
　　　　　从她们前面过去……）

"我很乐观　因为感伤并不能
把我们的命运改变　唐尼

我工作得很紧张。
我参加了一个团体——
唱歌　演戏　上街贴标语
给伤兵换药　给难民写信
打扫轰炸后的街　缝慰劳袋
我们的团体到过前线
我看见过血流成的小溪
看见过士兵的尸体堆成的小山
我知道了什么叫做'不幸'
足足有一年　我们
在轰炸　突围　夜行军中度过
我生过疥疮　生过疟疾　生过轮癣
我淋过雨　饿过肚子　在湿地上睡眠
但我无论如何苦都觉得快乐
同志们对我很好　我才知道
世界上有比家属更高的感情

"那团体已被解散了　如今
大家都分散在不同的地方
唐尼　我正在打听他们的消息
我想挨过这学期——啊　那旅馆的
电灯一盏盏地熄了……
唐尼　请你记住这句话：
……
只有反抗才是我们的真理
唐尼　克明现在不是很努力么
一个人变坏容易变好难
你如果真的爱他　难道
应该去阻碍他么？
　　　　　　　　　　唐尼
你是不是真的欢喜他呢？
你欢喜他那样的白脸么？……"

十六、忏悔一

"不要谈起这些吧……
李茵　你的话我懂得。
我感谢你——没有人
曾像你这样帮助过我
李茵　我会好起来的

　　　（几个人举着火把
　　　从她们前面过去……）

"本来　一个商人的女儿
会有什么希望呢?
而且我是在鸦片烟床上
长大的　五年前
我的父亲就要把我许给
一个经理的儿子　那时
我的哥哥刚死了半年。
我只知道哭　母亲和他吵,
过了几个月　他也死了。
他两个死了后
我家里就不再有快乐了。

"前年九月底　我和母亲
从汉口出来　在难民船上
认识了克明　他很殷勤,
……不要说起这些吧
这都是我太年轻……
这都是我太安闲……
李茵　年轻人的敌人是
幻想——它用虹一样的光彩

156

和皂泡一样的虚幻来迷惑你
我就是这样被迷惑的一个……

　　　（几个人举着火把
　　　从她们前面过去……）

"李茵　这一夜
我懂得这许多
这一夜　我好像很清醒
我看见了许多　我更看见了
我自己——这是我从来都不曾看见过的

"我来在世界上已经十九个春天
这些年　每到春天　我便
常常流泪　我不知我自己
是怎么会到世界上来的
今天以前　我看这世界
随时都好像要翻过来
什么都好像要突然没有了似的
一个日子带给我一次悸动
生活是一张空虚的网
张开着要把我捕捉
所以我渴求着一种友谊
我将为它而感激一生……
我把它看做一辆车子
使我平安地走过
生命的长途
我知道我是错了……"

　　　（几个人举着火把
　　　唱着歌
　　　从她们前面过去……）

"唐尼　不要太信任'友谊'二个字
而且　你说的'友谊'也不会在恋爱中得到
不要把恋爱看得太神秘
现代的恋爱
女子把男子看做肉体的顾客
男子把女子看做欢乐的商店
现代的恋爱
是一个异性占有的遁词
是一个'色情'的同义语。"

十七、忏悔二

"李茵
这世界太可怕了——
完全像屠场！
贪婪和自私
统治这世界
直到何时呢?"

"唐尼
人类会有光明的一天
'一切都将改变'
那日子已在不远
只要我们有勇气走上去
你的哥哥就是我们的先驱……"

"我的哥哥是那末勇敢
他以自己的信仰决定一切
离开了家　在北方流浪
好几年都没有消息
连被捕时也没有信给家里

158

他是死在牢狱里的……

"而我
我太软弱了

　　　（十几个人　每人举着火把
　　　粗暴地唱着歌
　　　从她们的前面过去……）

"这时代
不容许软弱的存在
这时代
需要的是坚强
需要的是铁和钢
而我——可怜的唐尼
除了天真与纯洁
还有什么呢?

"我的存在
像一株草
我从来不敢把'希望'
压在自己的身上

"这时代
像一阵暴风雨
我在窗口
看着它就发抖
这时代
伟大得像一座高山
而我以为我的脚
和我的胆量
是不能越过它的

"但是　李茵　我的好朋友
我会好起来
李茵
你是我的火把
我的光明
——这阴暗的角落
除了你
从没有人来照射
李茵　我发誓
经了这一夜　我会坚强起来的

"李茵
假如我还有眼泪
让我为了忏悔和羞耻
而流光它吧

"李茵
——我怎么应该堕落呢
假如我不能变好起来
我愿意你用鞭子来打我
用石头来钉我!"
"唐尼
天真是没有罪过的。
我们认识虽只半年
但我却比你自己更多的了解你
我看见了'危险'
已隐伏在你的前面。
它已向你打开黑暗的门
欢迎你进去
不　从你身上我看见了我自己
看见了全中国的姊妹

160

——我背几句诗给你：

　　'命运有三条艰苦的道路
　　第一条　同奴隶结婚
　　第二条　做奴隶儿子的母亲
　　第三条　直到死做个奴隶
　　所有这些严酷的命运
　　罩住俄罗斯土地上的女人'

"我们是中国的女人
比俄国的更不如
我们从来没有勇气
改变我们自己的命运
难道我们永远不要改变么？
自己不改变　谁来给我们改变呢？

(在黑暗的深处
有几个女人过去
她们的歌声
撕裂了黑夜的苍穹：

　　'感受不自由莫大痛苦
　　你光荣的生命牺牲
　　在我们坚苦的斗争中
　　英勇地抛弃了头颅……'）

"这一定是演剧队的那些女演员……
这声音真美……
唐尼　时候不早
我们该回去了"

"好　李茵

今晚我真清醒
今晚我真高兴。
明天起　我要
把高尔基的《母亲》先看完"

"等一等　唐尼
让我把火把点起
……
明天会"

　　　（唐尼举着火把很快地走
　　　　突然　她回过头来悠远地叫着）

"李茵
要不要我陪你回去？"
"不要——
有了火把
我不怕"
"好　那末再见
这火把给你。"

"那末……你自己呢？"

"我是走惯了黑路的——
谢谢你这火把……"

十八、尾声

"妈！
（TA！TA！TA！）
开门吧"

（TA！TA！TA！）
"妈！
开门吧"

"妈！
"开门吧"
（TA！TA！TA！）

"孩子
等一下
让我点了灯
天黑得很……"

"妈　你快呀
我带着火把来了"

"孩子
这火把真亮"

"妈　你拿着它
我来关门
你把火把
插在哥哥照像的前面"
（母亲上床　唐尼
呆呆地望着火把
慢慢地　她看定了
那死了五年的青年的照片：）

"哥哥　今夜
你会欢喜吧
你的妹妹已带回了火把
这火把不是用油点燃起来的

这火把　是她
用眼泪点燃起来的……"

"孩子
这火把真亮
照得房子都通红了
你打嚏了——孩子冷了
怎么你的眼皮肿
——哭了?"

"没有。
今晚我很高兴
只是火把的光
灼得我难受……"
"孩子　别哭了
来睡吧
天快要亮了。"

1940 年 5 月 1 日—4 日

公　路

像那些阿美利加人
行走在加里福尼亚的大道上
我行走在中国西部高原的
新辟的公路上

我从邓隐蔽在群山的峡谷里的
一个卑微的小村庄里出来
我从那阴暗的，迷蒙着柴烟的小瓦屋里出来
带着农民的耿直与痛苦的激情
奔上山去——
让空气与阳光
和展开在山下的如海洋一样的旷野
拂去我的日常的烦琐
和生活的苦恼
也让无边的明朗的天的幅员
以它的毫无阻碍的空阔
松懈我的长久被窒息的心啊……

绵长的公路
沿着山的形体
弯曲地，伏贴地向上伸引
人在山上慢慢地升高
慢慢地和下界远离

行走在大气的环绕里
似乎飘浮在半空
我们疲倦了
可以在一棵占树的根上

坐下休息
听山涧从巉岩间
奔腾而下
看鹰鸳与雕鸽
呼叫着又飞翔着
在我们的身边……

而背上负着煤袋的骡马队
由衣着褴褛的人们带引着
由倦怠的喝叱和无力的鞭打指挥着
凌乱地从这里过去
又转进了一个幽僻山峡里去
我们可以随着它们的步伐
揣摹着在那山峡里和衰败的古庙相毗连
有着一排制造着简陋的工业品的房屋
那些载重的卡车啊
带着愉快的隆隆之声而来
车上的货物颠簸着
那些年轻的人们
朝向我这步行者
扬臂欢呼
在这样的日子
即使他们的振奋
和我的振奋不是来自同一的原由
我的心也在不可抑制地激动啊

更有那些轻捷的汽车
挣着从金属的反射
所投射出来的白光之翅
陶醉在疾行的速度里
在山脉上
勇敢地飞驰

鼓舞了我的感情与想象
和它们比翼在空中

于是
我的灵魂得到了一次解放
我的肺腑呼吸着新鲜
我的眼瞳为远景而扩大
我的脚因欢忭而踮行在世界上

用坚强的手与沉重的铁锤所劈击
又用爆烈的炸药轰开了岩石
在万丈高的崖壁的边沿
以石块与泥土与水门汀
和成千成万的劳动者的汗
凝固成了万里长的道路
上面是天穹
——一片令人看了要昏眩的蓝色
下面是大江
不止地奔腾着江水
无数的乌暗的木船和破烂的布帆
几乎是静止地漂浮在水面上
从这里看去
渺小得只成了一些灰黯的斑点
人行走在高山之上
远离了烦琐与阴暗的住房
可怜的心，诚朴的心啊
终于从单纯与广阔
重新唤醒了
一个生命的崇高与骄傲——
即使我是一颗蚂蚁
或是一只有坚硬的翅膀的蚱蜢
在这样的路上爬行或飞翔

也是最幸福的啊……

今天，我穿着草鞋
戴着麦秆编的凉帽
行走在新辟的公路上
我的心因为追踪自由
而感到无限地愉悦啊
铺呈在我的前面的道路
是多么宽阔！多么平坦！
多么没有羁绊地自如地
向远方伸展——
我们可以清楚地看见
它向天的边际蜿蜒地远去
那么豪壮地络住了地面
当我在这里向四周凝望
河流，山丘，道路，村舍
和随处都成了美丽的丛簇的树林
无比调谐地浮现在大气里
竟使我如此明显地感到
我是站在地球的巅顶

1940 年秋

刈草的孩子

夕阳把草原燃成通红了。
刈草的孩子无声地刈草，
低着头，弯曲着身子，忙乱着手，
从这一边慢慢地移到那一边……

草已遮没他小小的身子了——
在草丛里我们只看见：
一只盛草的竹篓，几堆草，
和在夕阳里闪着金光的镰刀……

1940 年

荒　凉

那边的山上没有树
那边的地上没有草
那边的河里没有水
那边的人没有眼泪

1940 年 8 月 29 日

篝 火

黄昏降落到我们的旷野，
快乐的火焰就升起了——
它在黝黑的树林下面，
闪耀着炫眼的红光……

白色的烟像夜间的雾，
迷漫了山谷和树林，
跟随着秋天晚上的风
徐缓地流散到远方……

在白烟的树林里，
在篝火的照耀里，
映着几个农夫和农妇
背负着收获物晚归的暗影。

1940 年 8 月 30 日夜

雾①

露宿在旷野上的
没有家的雾
从乌黑的田堤的下面
慢慢地爬起来
贫穷的
流浪的
赤着脚的雾
从凹凸不平的土块里
困倦地爬起来
悲哀的
不说话的雾
从那些低湿的水洼里
湿淋淋地爬起来

那些干草堆
在那些村庄和树林之间
在那些起伏不平的空地上
被雾遮蔽着
像一个一个庞大的动物
沉默地躺在那里
愚蠢地等待着
马车与长柄的铁叉
四周沉寂着
没有人也没有牲畜
只有雾、深秋的雾
无声地爬行在田地上

---

① 此诗系长诗《溃灭》第三部《荒废的田园》第三节。

172

又慢慢地爬上了山坡
它的冰凉的脚趾
践踏着落叶
走过那些枯叶铺的小路

好像一个悲哀的老人
支着乔木的拐杖
不说话也不咳嗽
徐缓地走过那些矮屋
从那些小小的窗子
看着里面凌乱的家具

那些房子很多都是空的
年轻的和壮健的全走了
他们离开了家园
到遥远的地方
有的在马奇诺前线
有的在波兰
连收割的时间也没有
连播种的时间也没有
他们抛下这土地
留给衰老的父亲
和无力的妻子

雾无声地走开
厌倦的雾
衰老的雾
睁着迷茫的眼
从冷落了的村庄
走向冷落了的村庄
雾停留在小村的旁边
伸出冰冷的手指

抚摸着铁铲
抚摸着那些懒惰的农具
又摇摇头看着那架锈了的曳引机
为了没有汽油喂饲它
这畜生已很久没有唱着歌
行走在田畦间了

悲哀的雾
不说话的雾
披着斑白的头发
支着乔木的拐杖
站立在田野的边际
看着那些枯干了的田亩

那些田亩、无数的毗连的田亩
像僵死了似的偃卧着
在深秋的灰暗的天幕下
在广阔的没有光泽的天幕下
它们从黎明到黄昏
无力地渴望着耕耘
渴望着播种……

我的父亲

一

近来我常常梦见我的父亲——
他的脸显得从未有过的"仁慈",
流露着对我的"宽恕",
他的话语也那么温和,
好像他一切的苦心和用意,
都为了要袒护他的儿子。

去年春天他给我几次信,
用哀恳的情感希望我回去,
他要嘱咐我一些重要的话语,
一些关于土地和财产的话语:
但是我怫逆了他的愿望,
并没有动身回到家乡,
我害怕一个家庭交给我的责任,
会毁坏我年轻的生命。

五月石榴花开的一天,
他含着失望离开人间。

二

我是他的第一个儿子,
他生我时已二十一岁,
正是清朝最后的一年,
在一个中学堂里念书。
他显得温和而又忠厚,

穿着长衫，留着辫子，
胖胖的身体，红褐的肤色，
眼睛圆大而前突，
两耳贴在脸颊的后面，
人们说这是"福相"，
所以他要"安分守己"。

满足着自己的"八字"，
过着平凡而又庸碌的日子，
抽抽水烟，喝喝黄酒，
躺在竹床上看《聊斋志异》。
讲女妖和狐狸的故事。
他十六岁时，我的祖父就去世；
我的祖母是一个童养媳，
常常被我祖父的小老婆欺侮；
我的伯父是一个鸦片烟鬼，
主持着"花会"，玩弄妇女；
但是他，我的父亲，
却从"修身"与"格致"学习人生——
做了他母亲的好儿子，
他妻子的好丈夫。

接受了梁启超的思想，
知道"世界进步弥有止期"，
成了"维新派"的信徒，
在那穷僻的小村庄里，
最初剪掉乌黑的辫子。

《东方杂志》的读者，
《申报》的订户，
"万国储蓄会"的会员，
堂前摆着自鸣钟，

房里点着美孚灯。

镇上有曾祖父遗下的店铺——
京货，洋货，粮食，酒，"一应俱全"，
它供给我们全家的衣料，
日常用品和饮茶的点心，
凭了折子任意拿取一切什物；
三十九个店员忙了三百六十天，
到过年主人拿去全部的利润。

村上又有几百亩田，
几十个佃户围绕在他的身边，
家里每年有四个雇农，
一个婢女，一个老妈子。
这一切造成他的安闲。

没有狂热！不敢冒险！
依照自己的利益和趣味，
要建立一个"新的家庭"，
把女儿送进教会学校，
督促儿子要念英文。

用批颊和鞭打管束子女，
他成了家庭里的暴君；
节俭是他给我们的教条，
顺从是他给我们的经典，
再呢，要我们用功念书，
密切地注意我们的分数，
他知道知识是有用的东西——
一可以装点门面，
二可以保卫财产。

这些是他的贵宾：
退伍的陆军少将，
省会中学的国文教员，
大学法律系和经济系的学生，
和镇上的警佐，
和县里的县长。

经常翻阅世界与地图，
读气象学，观测星辰，
从"天演论"知道猴子是人类的祖先；
但是在祭祀的时候，
却一样的假装虔诚，
他心里很清楚：
对于向他缴纳租税的人们，
阎罗王的塑像，
比达尔文的学说更有用处。

无力地期待"进步"，
漠然地迎接"革命"，
他知道这是"潮流"，
自己却回避着冲激，
站在遥远的地方观望……

一九二六年
国民革命军从南方出发
经过我的故乡，
那时我想去投考"黄埔"，
但是他却沉默着，
两眼混浊，没有回答。

革命像暴风雨，来了又去了。

无数年轻英勇的人们，
都做了时代的奠祭品，
在看尽了恐怖与悲哀之后，
我的心像失去布帆的船只
在不安与迷茫的海洋里飘浮……

地主们都希望儿子能发财，做官，
他们要儿子念经济与法律，
而我却用画笔蘸了颜色，
去涂抹一张风景，
和一个勤劳的农人。

少年人的幻想和热情，
常常鼓动我离开家庭：
为了到一个远方的都市去，
我曾用无数功利的话语，
骗取我父亲的同情。

一天晚上他从地板下面，
取出了一千元鹰洋，
两手抖索，脸色阴沉，
一边数钱，一边叮咛：
"你过几年就回来，
千万不可乐而忘返！"

而当我临走时，
他送我到村边，
我不敢用脑子去想一想
他交给我的希望的重量，
我的心只是催促着自己：
"快些离开吧——
这可怜的田野，

这卑微的村庄，
去孤独地飘泊，
去自由地流浪！"

三

几年后，一个忧郁的影子
回到那个衰老的村庄，
两手空空，什么也没有——
除了那些叛乱的书籍，
和那些狂热的画幅，
和一个殖民地人民的
深刻的耻辱与仇恨。

七月，我被关进了监狱，
八月，我被判决了徒刑；
由于对他的儿子的绝望
我的父亲曾一夜哭到天亮。

在那些黑暗的年月，
他不断地用温和的信，
要我做弟妹们的"模范"，
依从"家庭的愿望"，
又用衰老的话语，缠绵的感情，
和安排好了的幸福，
来俘掳我的心。

当我重新得到了自由，
他热切地盼望我回去，
他给我寄来了
仅仅足够回家的路费。

他向我重复人家的话语，
（天知道他从哪里得来！）
说中国没有资产阶级，
没有美国式的大企业，
没有残酷的剥削和榨取；
他说："我对伙计们，
从来也没有压迫，
就是他们真的要革命，
又会把我怎样？"
于是，他摊开了账簿，
摊开了厚厚的租谷簿，
眼睛很慈和地看着我
长了胡须的嘴含着微笑
一边用手指拨着算盘
一边用低微的声音
督促我注意弟妹们的前途。

但是，他终于激怒了——
皱着眉头，牙齿咬着下唇，
显出很痛心的样子，
手指节猛击着桌子，
他愤恨他儿子的淡漠的态度，
——把自己的家庭，
当做旅行休息的客栈；
用看秽物的眼光，
看祖上的遗产。
为了从废墟中救起自己，
为了追求一个至善的理想，
我又离开了我的村庄，
即使我的脚踵淋着鲜血，
我也不会停止前进……

我的父亲已死了，
他是犯了鼓胀病而死的；
从此他再也不会怨我，
我还能说什么呢？

他是一个最平庸的人；
因为胆怯而能安分守己，
在最动荡的时代里，
度过了最平静的一生，
像无数的中国地主一样：
中庸，保守，吝啬，自满，
把那穷僻的小村庄，
当做永世不变的王国；
从他的祖先接受遗产，
又把这遗产留给他的子孙，
不曾减少，也不曾增加！
就是这样——
这就是为什么我要可怜他的地方。
如今我的父亲，
已安静地躺在泥土里
在他出殡的时候，
我没有为他举过魂幡
也没有为他穿过粗麻布的衣裳；
我正带着嘶哑的歌声，
奔走在解放战争的烟火里……

母亲来信嘱咐我回去，
要我为家庭处理善后，
我不愿意埋葬我自己，
残忍地违背了她的愿望，
感激战斗给我的鼓舞，
我走上和家乡相反的方向——

因为我，自从我知道了
在这世界上有更好的理想，
我要效忠的不是我自己的家，
而是那属于万人的
一个神圣的信仰。

1941 年 8 月

少年行

像一只飘散着香气的独木船，
离开一个小小的荒岛；
一个热情而忧郁的少年，
离开了他的小小的村庄。

我不欢喜那个村庄——
它像一株榕树似的平凡，
也像一头水牛似的愚笨，
我在那里度过了我的童年；

而且那些比我愚蠢的人们嘲笑我，
我一句话不说心里藏着一个愿望，
我要到外面去比他们见识得多些，
我要走得很远——梦里也没有见过的地方：

那边要比这里好得多好得多，
人们过着神仙似的生活；
听不见要把心都舂碎的春臼的声音，
看不见讨厌的和尚和巫女的脸。

父亲把大洋五块五块地数好，
用红纸包了交给我而且教训我！
而我却完全想着另外的一些事，
想着那闪着强烈的光芒的海港……

你多嘴的麻雀聒噪着什么——
难道你们不知我要走了么？
还有我家的老实的雇农，

你们脸上为什么老是忧愁？

早晨的阳光照在石板铺的路上，
我的心在怜悯我的村庄
它像一个衰败的老人，
站在双尖山的下面……

再见呵，我的贫穷的村庄，
我的老母狗，也快回去吧！
双尖山保佑你们平安无恙，
等我也老了，我再回来和你们一起。

秋天的早晨

在幽暗的山谷间
延河静静地流着
沿着山脚弯曲伸展
在田亩上放射银光

月亮已从山背回去
启明星闪耀在我们的山顶
四野响起雄鸡的晨唱
和接续的悠远的号声

秋天已沿着河岸来了——
披着稀薄的雾，带着微寒；
大豆萎黄了，荞麦枯焦了，
田亩上星散着收获物的堆积

金色的包谷米
铺在屋背的斜面上
从那边的磨房传出
齐匀的筛面的声音

农夫从打开的门里出来
背脊因劳苦而微微驼起
一边呛咳，一边扣着纽扣
缓慢地向畜棚走去

那肮脏而懒惰的猪突然跃起
从木栅里伸动它的鼻子
企望主人给它丰盛的早餐

用刺耳的尖叫表示欢喜

农夫却把关心放到驴子身上
因为它勤奋劳苦而又瘦削
他把昨晚为它切好的干草
和了豆壳倒进了石槽

于是他走到圆大的磨床旁边
用高粱秆扎的帚子扫着磨床
慢慢地抽完了一次旱烟之后
从屋檐上取下驴子的轭套

他又从屋里搬出一箩小米
快要溢出的是无数细小的金珠
伸出粗糙而干裂的手取了几颗
放到嘴里用黄色的大牙咬着

干脆的！太阳从山顶投下光芒
他驾好驴子，把小米倒上磨床
用力在驴子的股肉上一拍
把这金黄的日子辗动了……

长长的骡马队从土墙边过去
骡夫高声喝叱着，挥着鞭子
零乱而清新，铜铃在震响
那声音沿着河流慢慢远逝

这时候，在河流的彼岸
一个青年为清晨的大气所兴奋
在那悬崖的下面，迎着流水
唱着一支无比热情的歌曲

1941 年 10 月 4 日

187

时　代

我站立在低矮的屋檐下
出神地望着蛮野的山岗
和高远空阔的天空，
很久很久心里像感受了什么奇迹，
我看见一个闪光的东西
它像太阳一样鼓舞我的心，
在天边带着沉重的轰响，
带着暴风雨似的狂啸，
隆隆滚辗而来……

我向它神往而又欢呼！
当我听见从阴云压着的雪山的那面
传来了不平的道路上巨轮颠簸的轧响
我的心追赶着它，激烈地跳动着
像那些奔赴婚礼的新郎
——纵然我知道由它所带给我的
并不是节日的狂欢
和什么杂耍场上的哄笑，
却是比一千个屠场更残酷的景象，
而我却依然奔向它
带着一个生命所能发挥的热情。

我不是弱者——我不会沾沾自喜，
我不是自己能安慰或欺骗自己的人
我不满足那世界曾经给过我的
——无论是荣誉，无论是耻辱
也无论是阴沉的注视和黑夜似的仇恨
以及人们的目光因它而闪耀的幸福

我在你们不知道的地方感到空虚
我要求更多些，更多些呵
给我生活的世界
我永远伸张着两臂
我要求攀登高山
我要求横跨大海
我要迎接更高的赞扬，更大的毁谤
更不可解的怨恨，和更致命的打击——
都为了我想从时间的深沟里升腾起来……

没有一个人的痛苦会比我更甚的——
我忠实于时代，献身于时代，而我却沉默着
不甘心地，像一个被俘虏的囚徒
在押送到刑场之前沉默着
我沉默着，为了没有足够响亮的语言
像初夏的雷霆滚过阴云密布的天空
抒发我的激情于我的狂暴的呼喊
奉献给那使我如此兴奋，如此惊喜的东西
我爱它胜过我曾经爱过的一切
为了它的到来，我愿意交付出我的生命
交付给它从我的肉体直到我的灵魂
我在它的前面显得如此卑微
甚至想仰卧在地面上
让它的脚像马蹄一样踩过我的胸膛

1941 年 12 月 16 日晨

黎明的通知

为了我的祈愿
诗人啊，你起来吧

而且请你告诉他们
说他们所等待的已经要来

说我已踏着露水而来
已借着最后一颗星的照引而来

我从东方来
从汹涌着波涛的海上来

我将带光明给世界
又将带温暖给人类

借你正直人的嘴
请带去我的消息

通知眼睛被渴望所灼痛的人类
和远方的沉浸在苦难里的城市和村庄

请他们来欢迎我——
白日的先驱，光明的使者

打开所有的窗子来欢迎
打开所有的门来欢迎

请鸣响汽笛来欢迎
请吹起号角来欢迎

请清道夫来打扫街衢
请搬运车来搬去垃圾

让劳动者以宽阔的步伐走在街上吧
让车辆以辉煌的行列从广场流过吧

请村庄也从潮湿的雾里醒来
为了欢迎我打开它们的篱笆

请村妇打开她们的鸡埘
请农夫从畜棚牵出耕牛

借你的热情的嘴通知他们
说我从山的那边来，从森林的那边来

请他们打扫干净那些晒场
和那些永远污秽的天井

请打开那糊有花纸的窗子
请打开那贴着春联的门

请叫醒殷勤的女人
和那打着鼾声的男子

请年轻的情人也起来
和那些贪睡的少女

请叫醒困倦的母亲
和她身边的婴孩

请叫醒每个人
连那些病者与产妇

连那些衰老的人们
呻吟在床上的人们

连那些因正义而战争的负伤者
和那些因家乡沦亡而流离的难民

请叫醒一切的不幸者
我会一并给他们以慰安

请叫醒一切爱生活的人
工人，技师以及画家

请歌唱者唱着歌来欢迎
用草与露水所掺和的声音

请舞蹈者跳着舞来欢迎
披上她们白雾的晨衣

请叫那些健康而美丽的醒来
说我马上要来叩打她们的窗门

请你忠实于时间的诗人
带给人类以慰安的消息

请他们准备欢迎，请所有的人准备欢迎
当雄鸡最后一次鸣叫的时候我就到来

请他们用虔诚的眼睛凝视天边
我将给所有期待我的以最慈惠的光辉

趁这夜已快完了，请告诉他们
说他们所等待的就要来了

辑三　在新中国

阅读提示：

四十年代末之后，艾青的生活逐渐稳定沉寂，但很快遭到了灭顶之灾。本时期他作品的原创性走弱，外部世界与他内心生活的相互关照，处于被压抑埋没的状态。这种状况，显然不是一个杰出诗人艺术创作的最佳时机。

给乌兰诺娃

　　——看芭蕾舞《小夜曲》后作

像云一样柔软，
像风一样轻，
比月光更明亮，
比夜更宁静——
人体在太空里游行；

不是天上的仙女，
却是人间的女神，
比梦更美，
比幻想更动人——
是劳动创造的结晶。

礁　石

一个浪，一个浪
无休止地扑过来
每一个浪都在它脚下
被打成碎沫，散开

它的脸上和身上
像刀砍过的一样
但它依然站在那里
含着微笑，看着海洋……

1954 年 7 月 25 日

珠 贝

在碧绿的海水里
吸取太阳的精华
你是虹彩的化身
璀璨如一片朝霞

凝思花露的形状
喜爱水晶的素质
观念在心里孕育
结成了粒粒珍珠

1954 年 7 月 25 日

在智利的海岬上

——给巴勃罗·聂鲁达

让航海女神
守护你的家

她面临大海
仰望苍天
抚手胸前
祈求航行平安

一

你爱海，我也爱海
我们永远航行在海上

一天，一只船沉了
你捡回了救命圈
好像捡回了希望
风浪把你送到海边
你好像海防战士
驻守着这些礁石

你抛下了锚
解下了缆索
回忆你所走过的路
每天瞭望海洋

二

巴勃罗的家

在一个海岬上
窗户的外面
是浩淼的太平洋

一所出奇的房子
全部用岩石砌成
像小小的碉堡
要把武士囚禁
我们走进了
航海者之家
地上铺满了海螺
也许昨晚有海潮

已经残缺了的
　　木雕的女神
站在客厅的门边
像女仆似的虔诚

阁楼是甲板
栏杆用麻绳穿连
在扶梯的边上
有一个大转盘

这些是你的财产：
古代帆船的模型
褐色的大铁锚
中国的大罗盘
（最早的指南针）
大的地球仪
各式各样的烟斗
和各式各样的钢刀

意大利农民送的手杖
放在进门的地方
它陪伴一个天才
走过了整个世界

米黄色的象牙上
刻着年轻的情人
穿着乡村的服装
带着羞涩的表情
像所有的爱情故事
既古老而又新鲜

手枪已经锈了
战船也不再转动
请斟满葡萄酒
为和平而干杯!

三

房子在地球上
而地球在房子里

壁上挂了一顶白顶的
　　黑漆遮阳的海员帽子
好像这房子的主人
今天早上才回到家里

我问巴勃罗:
"是水手呢?
还是将军?"
他说:"是将军,
你也一样;

不过，我的船
已失踪了
沉没了……"

　　　　　　四

你是一个船长，
还是一个海员？
你是一个舰队长，
还是一个水兵？
你是胜利归来的人，
还是战败了逃亡的人？
你是平安的停憩，
还是危险的搁浅？
你是迷失了方向，
还是遇见了暗礁？

都不是，都不是。
这房子的主人
是被枪杀了的洛尔伽的朋友
是受难的西班牙的见证人
是一个退休了的外交官
不是将军。

日日夜夜望着海
听海涛像在浩叹
也像是嘲弄
也像是挑衅

巴勃罗·聂鲁达
面对着万顷波涛
用矿山里带来的语言

向整个旧世界宣战

五

在客厅门口上面
挂了救命圈
现在船是在岸边
你说："要是船沉了
我就戴上了它
跳进了海洋。"

方形的街灯
在第二个门口
这样，每个夜晚
你生活在街上

壁炉里火焰上升
今夜，海上喧哗
围着烧旺了的壁炉
从地球的各个角落来的
　　　十几个航行的伙伴
喝着酒，谈着航海的故事

我们来自许多国家
包括许多民族
有着不同的语言
但我们是最好的兄弟

有人站起来
用放大镜
在地图上寻找
没有到过的地方

我们的世界
好像很大
其实很小
在这个世界上
应该生活得好

明天，要是天晴
我想拿铜管的望远镜
向西方瞭望
太平洋的那边
是我的家乡
我爱这个海岬
也爱我的家乡

这儿夜已经很深
初春的夜晚多么迷人

六

在红心木的桌子上
有船长用的铜哨子

拂晓之前，要是哨子响了
我们大家将很快地爬上船缆
张起船帆，向海洋起程
向另一个世纪的港口航行……

1954 年 7 月 24 日晚初稿
1956 年 12 月 11 日整理

辑四　新时期的诗歌

阅读提示：

　　新时期拉开了序幕，这位伟大的人民诗人再次回到历史舞台中央，回到人民中间。他用自己最后的才华和激情，写下一批风格苍劲、思想沉郁的作品。这些作品虽然不能与其高潮时期的原创性杰作相比，但毕竟也显露出难得一见的艺术光辉。

鱼化石

动作多么活泼，
精力多么旺盛，
在浪花里跳跃，
在大海里浮沉；

不幸遇到火山爆发，
也可能是地震，
你失去了自由，
被埋进了灰尘；

过了多少亿年，
地质勘探队员
在岩层里发现你，
依然栩栩如生。

但你是沉默的，
连叹息也没有，
鳞和鳍都完整，
却不能动弹；

你绝对的静止，
对外界毫无反应，
看不见天和水
听不见浪花的声音。

凝视着一片化石，
傻瓜也得到教训：
离开了运动，

就没有生命。

活着就要斗争，
在斗争中前进，
即使死亡，
能量也要发挥干净。

小泽征尔

把众多的声音
调动起来，
听从你的命令
投入战争；

把所有的乐器
组织起来，
像千军万马
向统一的目标行进……

你的耳朵在侦察，
你的眼睛在倾听，
你的指挥棒上
跳动着你的神经：

或是月夜的行军，
听到嘚嘚的马蹄声；
或是低下头去，
听得情人絮语黄昏；

突然如暴雨骤至，
雷霆万钧，
你腾空而起
从毛发也听到怒吼的声音。

你有指挥战役的魄力，
你是音乐阵地的将军！

紧接最后一个休止符，
刮起了经久不息的掌声……

1978 年 6 月 16 日

光的赞歌

每个人的一生
不论聪明还是愚蠢
不论幸福还是不幸
只要他一离开母体
就睁着眼睛追求光明

世界要是没有光
等于人没有眼睛
航海的没有罗盘
打枪的没有准星
不知道路边有毒蛇
不知道前面有陷阱

世界要是没有光
也就没有杨花飞絮的春天
也就没有百花争妍的夏天
也就没有金果满园的秋天
也就没有大雪纷飞的冬天

世界要是没有光
看不见奔腾不息的江河
看不见连绵千里的森林
看不见容易激动的大海
看不见像老人似的雪山
要是我们什么也看不见
我们对世界还有什么留念

二

只是因为有了光
我们的大千世界
才显得绚丽多彩
人间也显得可爱

光给我们以智慧
光给我们以想象
光给我们以热情
创造出不朽的形象

那些殿堂多么雄伟
里面更是金碧辉煌
那些感人肺腑的诗篇
谁读了能不热泪盈眶

那些最高明的雕刻家
使冰冷的大理石有了体温
那些最出色的画家
描出了色授魂与的眼睛

比风更轻的舞蹈
珍珠般圆润的歌声
火的热情、水晶的坚贞
艺术离开光就没有生命

山野的篝火是美的
港湾的灯塔是美的
夏夜的繁星是美的
庆祝胜利的焰火是美的

一切的美都和光在一起

三

这是多么奇妙的物质
没有重量而色如黄金
它可望而不可即
漫游世界而无体形
具有睿智而谦卑
它与美相依为命

诞生于撞击和磨擦
来源于燃烧和消亡的过程
来源于火、来源于电
来源于永远燃烧的太阳

太阳啊，我们最大的光源
它从亿万万里以外的高空
向我们居住的地方输送热量
使我们这里滋长了万物
万物都对它表示景仰
因为它是永不消失的光

真是不可捉摸的物质——
不是固体、不是液体、不是气体
来无踪、去无影、浩渺无边
从不喧嚣、随遇而安
有力量而不剑拔弩张
它是无声的威严

它是伟大的存在
它因富足而能慷慨

胸怀坦荡、性格开朗
只知放射、不求报偿
大公无私、照耀四方

四

但是有人害怕光
有人对光满怀仇恨
因为光所发出的针芒
刺痛了他们自私的眼睛

历史上的所有暴君
各个朝代的奸臣
一切贪婪无厌的人
为了偷窃财富、垄断财富
千方百计想把光监禁
因为光能使人觉醒

凡是压迫人的人
都希望别人无能
无能到了不敢吭声
让他们把自己当做神明

凡是剥削人的人
都希望别人愚蠢
愚蠢到了不会计算
一加一等于几也闹不清

他们要的是奴隶
是会说话的工具
他们只要驯服的牲口
他们害怕有意志的人

他们想把火扑灭
在无边的黑暗里
在岩石所砌的城堡里
永远维持血腥的统治

他们占有权力的宝座
一手是勋章、一手是皮鞭
一边是金钱、一边是锁链
进行着可耻的政治交易
完了就举行妖魔的舞会
和血淋淋的人肉的欢宴

回顾人类的历史
曾经有多少年代
沉浸在苦难的深渊
黑暗凝固得像花岗岩
然而人间也有多少勇士
用头颅去撞开地狱的铁门

光荣属于奋不顾身的人
光荣属于前赴后继的人

暴风雨中的雷声特别响
乌云深处的闪电特别亮
只有通过漫长的黑夜
才能喷涌出火红的太阳

五

愚昧就是黑暗
智慧就是光明

人类是从愚昧中过来
那最先去盗取火的人
是最早出现的英雄
他不怕守火的鹫鹰
要啄掉他的眼睛
他也不怕天帝的愤怒
和轰击他的雷霆
于是光不再被垄断
从此光流传到人间

我们告别了刀耕火种
蒸汽机带来了工业革命
从核物理诞生了原子弹
如今像放鸽子似的
放出了地球卫星……
光把我们带进了一个
　　光怪陆离的世界：
X光，照见了动物的内脏
激光，刺穿优质钢板
光学望远镜，追踪星际物质
电子计算机
　　把我们推向了二十一世纪
然而，比一切都更宝贵的
是我们自己的锐利的目光
是我们先哲的智慧的光
这种光洞察一切、预见一切
可以透过肉体的躯壳
看见人的灵魂

看见一切事物的底蕴
一切事物内在的规律
一切运动中的变化

一切变化中的运动
一切的成长和消亡
就连静静的喜马拉雅山
也在缓慢地继续上升

认识没有地平线
地平线只能存在于停止前进的地方
而认识却永无止境
人类在追踪客观世界中
留下了自己的脚印

实践是认识的阶梯
科学沿着实践前进
在前进的道路上
要砸开一层层的封锁
要挣断一条条的铁链
真理只能从实践中得以永生

六

光从不可估量的高空
俯视着人类历史的长河
我们从周口店到天安门
像滚滚的波涛在翻腾
不知穿过了多少的险滩和暗礁
我们乘坐的是永不沉没的船
从天际投下的光始终照引着我们……

我们从千万次的蒙蔽中觉醒
我们从千万种的愚弄中学得了聪明
统一中有矛盾、前进中有逆转
运动中有阻力、革命中有背叛

甚至光中也有暗
甚至暗中也有光
不少丑恶与无耻
隐藏在光的下面
毒蛇、老鼠、臭虫、蝎子
和许多种类的粉蝶——
她们都是孵化害虫的母亲
我们生活着随时都要警惕
看不见的敌人在窥伺着我们
然而我们的信念
像光一样坚强——
经过了多少浩劫之后
穿过了漫长的黑夜
人类的前途无限光明、永远光明

七

每一个人都是一个生命
人世银河星云中的一粒微尘
每一粒微尘都有自己的能量
无数的微尘汇集成一片光明
每一个人既是独立的
而又互相照耀
在互相照耀中不停地运转
和地球一同在太空中运转
我们在运转中燃烧
我们的生命就是燃烧
我们在自己的时代
应该像节日的焰火
带着欢呼射向高空
然后迸发出璀璨的光

即使我们是一支蜡烛

也应该"蜡炬成灰泪始干"

即使我们只是一根火柴

也要在关键时刻有一次闪耀

即使我们死后尸骨都腐烂了

也要变成磷火在荒野中燃烧

八

作为一个微不足道的人

天文学数字中的一粒微尘

即使生命像露水一样短暂

即使是恒河岸边的一粒细沙

也能反映出比本身更大的光

我也曾经用嘶哑的喉咙歌唱

在不自由的岁月里我歌唱自由

我是被压迫的民族,我歌唱解放

在这个茫茫的世界上

为被凌辱的人们歌唱

为受欺压的人们歌唱

我歌唱抗争,我歌唱革命

在黑夜把希望寄托给黎明

在胜利的欢欣中歌唱太阳

我是大火中的一点火星

趁生命之火没有熄灭

我投入火的队伍、光的队伍

把"一"和"无数"融合在一起

为真理而斗争

和在斗争中前进的人民一同前进

我永远歌颂光明

光明是属于人民的
未来是属于人民的
任何财富都是人民的
和光在一起前进
和光在一起胜利
胜利是属于人民的
和人民在一起所向无敌

九

我们的祖先是光荣的
他们为我们开辟了道路
沿途留下了深深的足迹
每一足迹里都有血迹

现在我们正开始新的长征
这个长征不只是二万五千里的路程
我们要逾越的也不只是十万大山
我们要攀登的也不只是千里岷山
我们要夺取的也不只是金沙江、大渡河
我们要抢渡的是更多更险的渡口
我们在攀登中将要遇到
　　更大的风雪、更多的冰川……

但是光在召唤我们前进
光在鼓舞我们、激励我们
光给我们送来了新时代的黎明
我们的人民从四面八方高歌猛进

让信心和勇敢伴随着我们
武装我们的是最美好的理想
我们是和最先进的阶级在一起

我们的心胸燃烧着希望
我们前进的道路铺满阳光
让我们的每个日子
　　都像飞轮似的旋转起来
让我们的生命发出最大的能量
让我们像从地核里释放出来似的
　　　　极大地撑开光的翅膀
　　　　在无限广阔的宇宙中飞翔

让我们以最高的速度飞翔吧
让我们以大无畏的精神飞翔吧
让我们从今天出发飞向明天
让我们把每个日子都当做新的起点

或许有一天，总有一天
我们这个古老的民族
我们最勇敢的阶级
将接受光的邀请
去叩开千万重紧闭的大门
访问我们所有的芳邻

让我们从地球出发
飞向太阳……

1978 年 8 月—12 月

墙

一堵墙，像一把刀
把一个城市切成两片
一半在东方
一半在西方

墙有多高？
有多厚？
有多长？
再高、再厚、再长
也不可能比中国的长城
更高、更厚、更长
它也只是历史的陈迹
民族的创伤
谁也不喜欢这样的墙
三米高算得了什么

五十厘米厚算得了什么
四十五公里长算得了什么
再高一千倍
再厚一千倍
再长一千倍
又怎能阻挡
天上的云彩、风、雨和阳光？

又怎能阻挡
飞鸟的翅膀和夜莺的歌唱？

又怎能阻挡

流动的水和空气？

又怎能阻挡
千百万人的
比风更自由的思想？
比土地更深厚的意志？
比时间更漫长的愿望？

1979 年 5 月 22 日，波恩

古罗马的大斗技场

也许你曾经看见过
这样的场面——
在一个圆的小瓦罐里
两只蟋蟀在相斗，
双方都鼓动着翅膀
发出一阵阵金属的声响，
张牙舞爪扑向对方
又是扭打、又是冲撞，
经过了持久的较量，
总是有一只更强的
撕断另一只的腿
咬破肚子——直到死亡。

古罗马的大斗技场
也就是这个模样，
大家都可以想象
那一幅壮烈的风光。

古罗马是有名的"七山之城"
在帕拉丁山的东面
在锡利山的北面
在埃斯揆林山的南面
那一片盆地的中间
有一座——可能是
全世界最大的斗技场，
它像圆形的古城堡
远远看去是四层的楼房，
每层都有几十个高大的门窗

里面的圆周是石砌的看台
可以容纳十多万人来观赏。

想当年举行斗技的日子
也许是一个喜庆的日子，
这儿比赶庙会还要热闹
古罗马的人穿上节日的盛装
从四面八方都朝向这儿
真是人山人海——全城欢腾
好像庆祝在亚洲和非洲打了胜仗
其实只是来看一场残酷的悲剧
从别人的痛苦激起自己的欢畅。

号声一响
死神上场

当角斗士的都是奴隶
挑选的一个个身强力壮，
他们都是战败国的俘虏
早已妻离子散、家破人亡，
如今被押送到斗技场上
等于执行用不着宣布的死刑
面临着任人宰割的结局
像畜棚里的牲口一样；
相搏斗的彼此无冤无仇
却安排了同一的命运，
都要用无辜的手
去杀死无辜的人；
明知自己必然要死
却把希望寄托在刀尖上；

有时也要和猛兽搏斗

猛兽——不论吃饱了的
还是饥饿的都是可怕的——
它所渴求的是温热的鲜血，
奴隶到这里即使有勇气
也只能是来源于绝望，
因为这儿所需要的不是智慧
而是必须压倒对方的力量；

看那些"打手"多么神气！
他们是角斗场雇用的工役
一个个长的牛头马面
手拿铁棍和皮鞭
（起先还戴着面具
后来连面具也不要了）
他们驱赶着角斗士去厮杀
进行着死亡前的挣扎；
最可怜的是那些蒙面的角斗士
（不知道是哪个游手好闲的
想出如此残忍的坏点子！）
参加角斗的互相看不见
双方都乱挥着短剑寻找敌人
无论进攻和防御都是盲目的——
盲目的死亡、盲目的胜利。

一场角斗结束了
那些"打手"进场
用长钩子钩拽出尸体
和那些血淋淋的肉块
把被戮将死的曳到一旁
拿走武器和其它的什物，
奄奄一息的就把他杀死；
然后用水冲刷污血

使它不留一点痕迹——
这些"打手"受命于人
不直接去杀人
却比刽子手更阴沉。

再看那一层层的看台上
多少万人都在欢欣若狂
那儿是等级森严、层次分明
按照权力大小坐在不同的位置上，
王家贵族一个个悠闲自得
旁边都有陪臣在阿谀奉承；
那些宫妃打扮得花枝招展
与其说她们是来看角斗
不如说到这儿展览自己的青春
好像是天上的星斗光照人间；
有"赫赫战功"的，生活在
奴隶用双手建造的宫殿里
奸淫战败国的妇女；
他们的餐具都沾着血
他们赞赏血腥的气味；
能看人和兽搏斗的
多少都具有兽性——
从流血的游戏中得到快感
从死亡的挣扎中引起笑声，
别人越痛苦，他们越高兴；
（你没有听见那笑声吗？）
最可恨的是那些
用别人的灾难进行投机
从血泊中捞取利润的人，
他们的财富和罪恶一同增长；

斗技场的奴隶越紧张

看台上的人群越兴奋；
厮杀的叫喊越响
越能爆发狂暴的笑声；
看台上是金银首饰在闪光
斗场上是刀叉匕首在闪光；
两者之间相距并不远
却有一堵不能逾越的墙。
这就是古罗马的斗技场
它延续了多少个世纪
谁知道有多少奴隶
在这个圆池里丧生。

神呀，宙斯呀，丘比特呀，耶和华呀
一切所谓"万能的主"呀，都在哪里？
为什么对人间的不幸无动于衷？
风呀，雨呀，雷霆呀，
为什么对罪恶能宽容？

奴隶依然是奴隶
谁在主宰着人间？
谁是这场游戏的主谋？
时间越久，看得越清：
经营斗技场的都是奴隶主
不论是老泰尔克维尼乌斯
还是苏拉、恺撒、奥大维……
都是奴隶主中的奴隶主——
嗜血的猛兽、残暴的君王！

"不要做奴隶！
要做自由人！"
一人号召
万人响应

为了改变自己的命运
就要捣毁万恶的斗技场；
把那些拿别人生命作赌注的人
　钉死在耻辱柱上！
奴隶的领袖
只有从奴隶中产生；
共同的命运
产生共同的思想；
共同的意志
汇成伟大的力量。
一次又一次地举起义旗
斗争的才能因失败而增长
愤怒的队伍像地中海的巨浪
淹没了宫殿，掀翻了凯旋门
冲垮了斗技场，浩浩荡荡
觉醒了的人们誓用鲜血灌溉大地
建造起一个自由劳动的天堂！

如今，古罗马的大斗技场
已成了历史的遗物，像战后的废墟
沉浸在落日的余晖里，像碉堡
不得不引起我疑问和沉思：
它究竟是光荣的纪念，
还是耻辱的标志？
它是夸耀古罗马的豪华，
还是记录野蛮的统治？
它是为了博得廉价的同情，
还是谋求遥远的叹息？

时间太久了
连大理石也要哭泣；
时间太久了

连凯旋门也要低头；
奴隶社会最残忍的一幕已经过去
不义的杀戮已消失在历史的烟雾里
但它却在人类的良心上留下可耻的记忆
而且向我们披示一条真理：
血债迟早都要用血来偿还；
以别人的生命作为赌注的
就不可能得到光彩的下场。

说起来多少有些荒唐——
在当今的世界上
依然有人保留了奴隶主的思想，
他们把全人类都看作奴役的对象
整个地球是一个最大的斗技场。

1979 年 7 月，北京

花样滑冰

冬季的花朵
寒冷的狂欢

灰白色的平面上
出现完美的形体

最轻盈的姿态
表演最美的舞

用飘动着的点
画出飘动的线

有大的弧线的徐缓
有小的急促的旋转

忽而是旋转中的跳跃
忽而是跳跃中的旋转

无休止地飞翔
从容不迫地盘旋

安详如高空的鹰
轻捷如低飞的燕

力学的梦幻
几何学的迷恋

没有休止符的音乐

没有标点号的诗篇

像流水似的延续
像轮子似的不断

在空中飞跃
四肢如花瓣

比风更自由
青春的礼赞

无限地向空中升高
为了夸耀自己的财富
把欲望伸向海底

然而，我要赞美的
光芒四射的
花一般的港湾
几百万同胞生活在这里
工作和奋斗在这里

你是祖国进出口的孔道
你是货物交流的场所
你是友好往来的纽带
你是走向五洲四海的桥梁
多少年来，你为祖国
创造了难以估量的财富

1980 年 8 月 25 日初稿
1981 年 2 月 21 日修改

给女雕塑家张得蒂

从你的手指流出了头发
像波浪起伏不平
前额留下岁月的艰辛

从你的手指流出了眼睛
有忧伤的眼神
嘴唇抿得紧紧

从你的手指流出了一个我
有我的呼吸
有我的体温

而我却沉默着
或许是不幸
我因你而延长了寿命

选自《诗刊》1982 年 2 月号

面向海洋

一

我漫长的旅途中
又一次面临大海

大海是精力充沛的
不知疲倦地翻腾
起伏不平的波浪
鼓荡着永恒的矛盾

好像它本身有意志
脉搏不停地跳动
前呼后拥，互相推送
互相扑击，互相鲸吞

人们歌颂大海
倾倒于她的怀抱
看作自由的化身
无比力量的象征

形容难于报答的恩情
天长地久的爱情
它只是自然的法则
有了运动才有生命

海鸥盘旋轮船上空
扇动着雪白的翅膀
呼啸着向下界俯冲

迎击着险恶的风浪

它们在追随轮船
寻找船舱掷出食物
叼取被船桨击昏的鱼群
其实和诗人的灵感无关

二

难道它们也像我们
告别温暖的家乡
乘风破浪，到远方
寻找闪闪发光的港湾

远方有希望在招呼
堆满了珍宝，像梦幻
有神话般的宫殿
飘浮在遥远的海上

就是这样，我们的祖先
离乡背井，流落在异邦
受尽了屈辱，流尽了血汗
仰望苍天，面对茫茫的海洋

而更多的人们啊
半路上葬身鱼腹
永远也不知下落
让亲人抱恨终天

三

今天晚上多么黑

天上无月也无星
看不见一点渔火
找不见一丝光明

天地间不复有人间
只听到海浪在喧腾
好像千千万万的幽灵
在挣扎、在呼号、在呻吟

不，人间在船舱里
船舱里热气腾腾
昏黄的灯光下面
人们在议论纷纷

他们心里想什么
是悲哀还是欢欣
他们也有黄金梦
征服荒原的野心

四

我的脑海飘浮起
"奴隶船"的故事
白种人乘坐大帆船
从利物浦出发

手持武器在非洲
登陆，闯进森林
把土著赶出家园
戴上沉重的锁链

非洲的许多港口

都标上入侵者的名字
于是，在黑非洲
有了黄金海岸、象牙海岸

非洲人像牲口
装满了船舱
渡过茫茫的大西洋
送到不可知的港湾

他们被出卖当做奴隶
为人口贩子创造利润
那些自称信奉上帝的人
在黑人尸骨上建造天堂

曾经有多少国家
鼓励他们的子民
激荡着狂热的希望
到海上去进行扩张

掠夺、榨取、欺骗
奴役、征服、统治
年复一年进行屠杀
种族灭绝的战争

"谁能统治海洋
谁就能统治世界"
多少国家燃烧着
称霸世界的梦想

五

一阵海风

唤醒了我的记忆
我们的名声很大
也有丰富的出产

从东方到西方
穿过茫茫的沙漠
有一条"丝绸之路"
从长安一直到罗马

另一条"丝绸之路"
穿过茫茫的大海
到印度、孟加拉
直达伊拉克的巴格达

十五世纪
出了个"三保太监"
在二十八年间
他七次远渡重洋

名符其实的大将
六十二艘大船
二万八千名士兵
从刘家港出发

经过印度尼西亚
穿过马六甲海峡
渡过茫茫的印度洋
到霍尔木兹海峡

又沿北非洲东岸
索马里的库加迪沙
穿过莫三鼻给海峡

绕过马达加斯加

他满载而去的
青瓷、盘碗、纻丝绫绢
他满载而归的
药材、香料、珠宝、象牙

不作经济掠夺
不作军事占领
搭起友谊桥梁
我们威震四方

那时候啊那时候
比欧洲人发现好望角
比哥仑布发现新大陆
都要早七八十年

六

又一阵海风
吹起了另一阵记忆

从西方来的客人
给我们送来圣经

在慈善的外衣后面
掩盖着锋利的刀剑

他们以罂粟花为礼品
换取我们的珠宝白银

男人吸上了鸦片烟

女人失去了金项链

他们唱着赞美诗
给我们套上枷锁

焚烧了我们的宫殿
抢走了我们的财宝

灾难随海潮而至
港湾是海盗的乐园

蒙面人成群而来
一批比一批凶狠

我们的血流成河
黄海变成了红海

抗争了一百多年
才把敌人推进大海

我们赢得了战争
赢得胜利的和平

花岗岩的海岸线
连成钢铁的长城

七

阳光辐射着祖国大地
西面是高原——一系列大山
每架大山注入无数溪涧
千万条溪涧汇合成江河

向东奔腾、倾泻，
灌溉广阔而富饶的平原
我们耕耘着这个地方
我们生活在亚洲的东方

大海是我们的前院
我们的前院无限风光
我们的大门向外开放
欢迎所有的国家来往

八

大海茫茫一片
好像空无所有
谁看见大海下面
蕴藏着多少财产

多少鱼类、多少兽类
多少植物，多少矿产
比陆地更多的粮食
有取之不尽的能源

海洋是不平静的
整天在奔腾喧闹
即使风平浪静的时刻
也掩盖着激烈的战争

凭什么理由，我们
要居于窄小的天地
凭什么理由，我们
要生活在窒息的环境

打破禁锢我们心灵的
窒息我们呼吸的
遮断我们视野的
束缚我们的一切枷锁吧

让我们生活得更开阔
让我们打开所有的门窗
让我们到外面去，到海上
让我们去经受更大的风浪

九

一声汽笛
把我拉回到眼前
眼前驶来了
几艘万吨巨轮

我站在港口码头上
看着各式各样的吊车
伸出强有力的臂膀
自动地搬运了集装箱

在长长的码头上
停泊着万国巨轮
码头是如此繁忙
具有无限的吞吐量

我们的巨轮也出航
到遥远的地方
带走了我们的商品
带走了美好的愿望

所有的船只
在茫茫的海上
来往如梭
织起了友好的网

十

或许有那么一天
不受贫困的威胁
没有杀戮的恐惧
大家都过得富足

集装箱里装的是
医药器材，精密仪器
科学技术的知识
果木鲜花的种子

打开旅客行李箱
没有间谍的情报
没有颠覆的计划
都是唱片和画幅

消除了种族歧视
消除了宗教隔阂
礼节不用蒙面纱
冷藏箱没有谎言

不论陆上，海上，空中
像串门一样方便
只要有一张签证
到处都受到欢迎

肤色、服装、制度不同
和平共处、互相尊重
更多的友谊和爱情
日子像蜜柑似的香甜

海洋成为共同的湖泊
共同的财富，共同的能源
谁也不想争取霸权
一切产品都属于人民

大家都过得很好
没有滋长什么私心
夏无酷暑，冬无严寒
朝朝暮暮，四季如春

但是，如今这个世界
富的太富，穷的太穷
喂不饱的贪欲
填不满的沟壑

数不尽的讹诈
使不完的欺骗
抗争的浪涛像海洋
要到何时才能安宁

1979 年春初稿
1981 年冬改成

清明时节雨纷纷

谁都会想起他
他是一个纯粹的人
气质开朗
像春天的阳光
心灵透亮
像开着的门窗

谁都把对他的记忆
放在最宝贵的地方

一

有人问我：
"你见过他吗？"
我骄傲地回答：
"见过他。"

我一生中
在关键时刻
得到他的帮助
在他可能是
多得像麦粒似的
在我可是
粒粒都像珍珠

记忆的隧道
通向嘉陵江边
北碚是一片浓荫

他从高高的石级上
毫不犹豫地走下来

我迎上去
迎向光明
他伸出毫不迟疑的手
我感到他的手
和他的性格一样
坚决而又开朗
他住在曾家岩——
射出黎明的光

他使我摆脱了
浓雾的包围：
"走大路，
不要走小路，
小路要引起怀疑。"
他给了我
一笔路费

小毛驴
拉的小轿车
一路上经过四十七次检查
大模大样地到了延安

而他的电报
比我们先到
他保护了我们
这样的事情
就是死一百次
也不会忘记

事隔多少年
这中间
我曾多次和他见面
握手从来都是热情的
目光也从来不犹豫
语言从来都是明确的
笑声从来都是开朗的

他常常通宵工作
有一个夜晚
我从他那儿出来
东方已经发白

我临到一次"政治危机"
一个将军帮助我
摆脱了困境，将军说：
"我是向他把你要来的。"

二

他从失败中
从混乱中
从打散了的队伍中
从战争的烈火中
从血泊中
从死亡的堆积中
锻炼出了一副
　　坚贞不屈的性格

具有广阔的胸襟
足智多谋
　而从来不考虑自己

战火纷飞的半个世纪
对敌斗争中屡建奇功

钢铁般坚硬
杨柳般柔软
胸中岩浆沸腾
外表温和平静

极大的魅力
不可思议的磁性
危险中泰然自若
围困中安详镇定

无比顽强的毅力
坚韧不拔的意志
像一座桥墩
能顶住万吨压力

锐眼闪光含着笑意
表情迅速浓眉跳动
发现掩盖着的阴谋
注意埋伏着的诡计

戏剧性的一生
惊心动魄的事变
长沙大火、骑马失蹄
克什米尔公主号飞机失事

遇到过千百次危险
避开了千百次暗算
连最狡猾的敌人
也不能捕捉他的影子

富有经验的外交家
处理最细腻的国际纠纷
曾经和最顽固的敌人
进行难解难分的谈判

层层揭开敌人的迷雾
谈笑风生，轻描淡写
把最难对付的敌人
陷入困境

他是避雷针
任凭风狂雨暴
雷电轰鸣
依然矗立高空毫不动摇

哪儿有灾难
他就在哪儿出现
大家都喜欢他
他真是个好总理

总理这两个字
最能概括一切
全世界进行公民投票
他也是最称职的总理

从不妄自尊大
从不菲薄别人
看重人的价值
尊重人的劳动

目光探索离得远的

走向那被人冷落的
发掘那被埋没了的
想起那被遗忘了的

保护那被损害的
解放那被束缚的
为那被冤屈了的人
昭雪平反

如今他已经死了
离开我们整三年
死的时候并不愉快
祖国正风雨飘零

三

原来应该是诗人
却做了总理

*　　*　　*

他见到一个中年女工
问她："有没有孩子？"

她说："原来有两个
都在解放前死了。"

他安慰她："不要难过
我们两家一样。"

两眼看着窗外
窗外一片阳光
那儿传来儿童的欢笑

他说："看，那不都是我们的孩子吗？"

*　　*　　*

当你穿过大街
看见"人行横道"四个字
你会想起他——
他说："马路宽，车辆多
农民进城，过街不方便
要画出斑马线
保证行人安全。"

当你的身边
飞擦过一辆汽车
你会想起他——
他说："车开慢一点
马路是大家的
坐在车上的人
要想到走路的人。"

当你突然听到喇叭
你会想起他——
他说："不要按喇叭
喇叭按多了
白天要惊动走路的人
晚上要惊动睡觉的人。"

*　　*　　*

到北海公园
你会想起他——
他俯瞰全城说：
"首都应该是
一个清洁的城市
要消灭黄烟

祖国的天空
应该是晴朗的蓝天。"

  * * *

一个很能干的女委员
性格开朗，身体健康
他问："你多大岁数啦？"
她笑着说："二十七啦。"

他问："结婚了吗？"
她红着脸说："没有呐——
棉花没有过百
粮食没有过千。"

他说："国家大事
当然要搞好，
但是，个人的事也重要。"

来到办公室
见到老书记
他赞扬了良种场
也赞扬了女委员
他对老书记说：
"你要关心她的婚事
她是没有父母的。"

过了三年
他的秘书到良种场
对女委员说：
"总理叫我看看你
他的工作很忙……"

女委员说：
"请你问候总理
告诉他，这个场
棉花过百了
粮食过千了。"

秘书说："总理要我
问问你结婚了没有？"

女委员一听
转过脸去哭了

多好的总理
连一个基层干部的婚事
惦记了三年也没有忘记。

　　*　　　*　　　*

他问一个老售货员：
"几点钟上班？
几点钟下班？
每天下班很晚
回家谁给你开门？"

　　*　　　*　　　*

凤凰花开了
象脚鼓敲响了
金孔雀开屏了
景洪城沸腾了

泼水节的早晨
在荔枝树下面
人们唱起歌，跳起了舞蹈

他来了，像一个傣族人
对襟的白布衫
咖啡色的裤子
水红色的包头布

他接过了象脚鼓
和大家一起跳舞
人们拿起柏树枝
蘸着银碗里的水
往最心爱的人身上洒

警卫员撑开雨伞
给他去挡水
他说："不要紧的
和大家一起。"

他兴奋极了
拿起装满水的脸盆
身子转了一个半圆形
把水洒得又高又匀
像一阵春雨
洒到傣族人民的身上

他洒下的是幸福水
和他在一起就是幸福

他要离开景洪城
大家敲着象脚鼓
唱着傣族的歌
跳着傣族的舞

他和大家握手

最后告别：
"只要有机会
十年后我再来。"

泼水节泼了十次水
荔枝树结了十次果
凤凰花开了十次花
橡胶树长得很高了

景洪城铺上柏油路
十年过去了
我们真想他
他却没有来

四

他已经七十八岁了
他管的事太多了
他的办公室
有一个通向群众的电话机

他终于累垮了
患有严重的心脏病
毒癌侵入他的躯体
四周埋伏着阴险的敌人

五

一切都是静
白天像深夜

街上的人走着

没有声音
汽车不按喇叭
好像无声电影

人们的左臂
围着黑纱
少女的胸前
别着白花

看不见的线
牵引所有的人
从四面八方
到天安门广场

天气很冷，很冷
柏树的围篱上
白白的，白白的
好像昨晚下了雪

人民英雄纪念碑
矗立在花丛上面
人民英雄纪念碑
从花丛里升起来

落日的余晖
照亮人们的泪
到夜晚
泪水变成繁星

六

整个街都这么静

人行道上站满了人
这样的肃穆
这样的庄严

大家的脸向东看
忽然听到了哽咽
有人用手绢
擦着眼睛

一辆灵车来了
开得很慢，很慢
牵动着所有人的心

车上披着黑纱
车窗蒙着窗帘
一长列送殡的车
好像秋天南飞的大雁

十里长街
街边站满了人
迎接灵车的是咽泣声
送走灵车的是咽泣声

从天安门
到八宝山
两边尽是流泪人
北京人用眼泪
告别了一个伟大的人
　　一个光明的人
　　一个纯粹的人

七

谁也不会相信
你会离开我们
你当然不会死
你无所不在
每个人心里都有你

你是那么和气
毫无拘束地和大家打招呼
和大家一起唱歌
甚至伸出手打拍子

或许在人民大会堂接见外宾
听，那不是你朗朗的笑声吗

你是永生的
你和太阳、月亮、星星一同存在
你和我们的地球一同存在
你和你所效忠的人民一同存在

人民永远想念你
你在困难的时候
和人民一同吃窝窝头

我们的国家像一辆大卡车
行走在搓板路上
行走在泛浆路上
当车子渥住了
你和大家一同推车

永不卷刃的钢刀
明澈像一湾秋水
映出万里晴空
或是满天风云

你像钻石
经得起时间的磨损
你像流水
驯服得顺流而下
顽强得凿穿巉岩

你像荷花
出污泥而不染
远处闻到清香
你像光
大公无私
只要有你在
黑暗迅速逃遁

你对同志是鸽
你对敌人是鹰

你死了
像活着时一样纯洁
你不会腐烂
你把自己焚化
骨灰撒在空中
飘落在你为之耕耘的大地

你无所不在
有空气的地方
都可以找到你

有鲜花的地方
都可以闻到你的芬芳

仰头看蓝天
低头看流水
都会想起你……

1979 年清明节初稿
1982 年春节改成

名师引读《艾青诗精编》

艾青，一个"一生追求光明的作家"，一个拥有"太阳与火把的歌手"。读他的诗，你能感受到自然平淡中涌动的真挚强烈的感情，你能感受到个人身处时代旋流所发出的心灵呼喊，你能感受到一个民族和广大人民与命运抗争、渴望光明、拥抱理想的坚定足音……请同学们一起读读《艾青诗精编》，来认识艾青这位诗人，来感受艾青诗歌所散发的热量！

《艾青诗精编》该怎么读呢？给同学们一点阅读建议。

◎第一个建议：饱含情感朗声读

诗歌需要朗声读，在读中体会诗句语气的轻重、节奏的缓急，在读中感受诗句中流淌的情绪情感。

艾青的诗往往长短句相间，自由活泼，无拘无束，加上鲜活朴实的口语运用，使得他的诗歌蕴含有一种"内在旋律美"。所以，读艾青的诗要尽量表现出捕捉到这种内在的旋律。

艾青善于用一系列"的"字短语组成的长句来抒发缠绵而深沉的感情，喜欢在所描写的对象前面加上大量的形容词和修饰语，他的诗因之给人一种特殊的立体感和雕塑感。读艾青的诗就是要读出这种立体感和雕塑感，读出这些长短句所抒发的感情。比如《我爱这土地》这首诗，诗人在"土地""河流""风""黎明"这样的中心词语前面慎重加上了"悲愤的""激烈的""温柔的"等许多修饰语，这些地方就需要我们去揣摩体会，需要我们在朗读时好好把握。

艾青的诗歌还有一个特点：诗的前半部分往往是形象表达，或描述场景画面，或叙述人事细节，情绪受到控制，但到诗文的最后，往往直抒胸臆，直接把自己的情感推到高潮。读这样的诗，往往就需要我们控制好读的情绪，让自己的情感宣泄有一个过程。比如《我爱这土地》这首诗，前面的"假如"部分怎么读，最后两句又该怎么读，这就需要我们认真体会了。

　　同学们不妨选择诗集中自己喜欢的部分诗歌，先认真朗读，等到读得自己比较满意了，就去找其他同学来一起读，比赛着读。还可以建议老师在班上举办一个艾青诗歌朗诵活动，个人朗诵，组队集体朗诵，看看谁朗诵得好。

◎第二个建议：选些诗歌共欣赏

　　艾青的诗歌怎么欣赏呢？下面的提示可能给同学们有些帮助。

　　提示一：关注诗中频繁出现的"土地"和"太阳"。

　　诗人笔下的"土地"是怎样的？"这被暴风雨所打击着的土地，/这永远汹涌着我们的悲愤的河流，/这无止息地吹刮着的激怒的风，/和那来自林间的/无比温柔的黎明……"（《我爱这土地》）还有《雪落在中国的土地上》等等诗歌也有类似的表达。这土地上的人民是怎样的呢？"无数的，土地的垦殖者/失去了他们所饲养的家禽/失去了他们肥沃的田地/拥挤在/生活的绝望的污巷里……"（《雪落在中国的土地上》）还有《大堰河，我的保姆》也有类似的描述。在诗人看来，"土地"象征着生他养他而又多灾多难的祖国，以及辛勤劳作在土地上的人民，因此"土地"凝聚了艾青对祖国和人民最深沉的爱，对民族危难和人民疾苦的深广忧愤。

　　艾青的诗歌离不开"太阳"。《黎明的通知》以一个明朗乐观的基调宣告着新时代的来临："趁这夜已快完了，请告诉他们，说他们所等待的就要来了！"《向太阳》一诗则袒露心胸迎向日出："这时候/我对我所看见 所听见/感到了从未有过的宽怀与热爱/我甚至想在这光明的际会中死去……"在艾青的诗中，"太阳"象征光明、理想，给人以新的生机和希望，表达的是对美好生活热烈的不息追求。

　　了解了"土地"和"太阳"，就理解了为什么艾青诗中有这么多的

"土地"和"太阳"。同学们在阅读诗集过程中，可以选择其中的一两首诗，围绕"土地""太阳"做些分析欣赏，把自己的阅读体会简要写下来与同学们交流交流。

提示二：尝试体会诗中的画面感和情景感。

艾青在走上诗坛之前，曾经学过美术，因此他的诗歌往往具有极强的视觉效果。他善于用画家的眼睛去观察事物，捕捉感觉，勾勒线条，渲染色彩，烘托气氛，创造出感官效果极强的意象或形象。《手推车》是光、色、线条乃至音像等手段运用得较完整的一首诗："在黄河流过的地域／在无数枯干了的河底／手推车以唯一的轮子／发出使阴暗的天穹痉挛的尖音／穿过寒冷与寂静／从这一山脚到那一山脚／响彻着北国人民的悲哀。"这里阴沉的天色与灰黄的土层配合，渲染了灰暗荒凉的底色，造成凄冷的色调，再配以独轮车单调尖锐的声响及刻印在荒漠上的纵横的轮迹，意象相叠而形成一种悲剧气氛浓重的情调。诗中点、画、线结合，背景中又有事件发生的动感，使现实的苦难在富有画面实感的情境中表现得更加沉郁、凝重。

请同学们选择一两首诗，尝试像以上这样做点体会，做点分析。

当然，一首好诗，有作者的创作智慧，也有读者的阅读智慧，我们能把艾青的诗读出什么味，读出什么感受和体会，就全在于我们自己了。相信同学们会有一个愉快的阅读过程，有自己觉得丰实的阅读收获！

（谭清才　撰稿）

图书在版编目（ＣＩＰ）数据

艾青诗精编 / 艾青著；程光炜选编. -- 武汉：长
江文艺出版社，2020.12（2021.8 重印）
　　ISBN 978-7-5702-1976-6

　　Ⅰ.①艾… Ⅱ.①艾… ②程… Ⅲ.①诗集－中国－
当代 Ⅳ.①I227

中国版本图书馆 CIP 数据核字(2020)第 238936 号

责任编辑：李　艳　　　　　　　　责任校对：毛　娟
封面设计：徐慧芳　　　　　　　　责任印制：邱　莉　杨　帆

出版：长江出版传媒 长江文艺出版社
地址：武汉市雄楚大街 268 号　　　　邮编：430070
发行：长江文艺出版社
http://www.cjlap.com
印刷：武汉珞珈山学苑印刷有限公司

开本：640 毫米×970 毫米　　　1/16　印张：17.25　　　插页：1 页
版次：2020 年 12 月第 1 版　　　　2021 年 8 月第 3 次印刷
行数：7949 行

定价：29.80 元

版权所有，盗版必究（举报电话：027—87679308　　87679310）
（图书出现印装问题，本社负责调换）